RABEA EDEL

Ein dunkler Moment

RABEA EDEL

Ein dunkler Moment

Roman

Luchterhand Literaturverlag

»Die einzige Wahrheit ist, dass ich mir der Wahrheit nicht sicher bin. Ich war nicht dort.«

[Amanda Knox]

Ich hatte die Augen geschlossen, als sie sich neben mich auf das Bett setzte, sehr vorsichtig die Hand unter meinen Nacken schob, ihn festhielt und mit einer schnellen Bewegung das Messer von links nach rechts durch meinen Hals zog. Ein roter Sprühregen, der zu einem Fluss auf das Laken wurde, als sie zurückzuckte, das Messer aus der Wunde nahm, und ich die Augen öffnete. Mein Blick traf ihren Blick. Der Schnitt klaffte auf, Luft wurde ins Herz gepumpt, Blut geriet in Nase und Mund. Ich tastete nach meinem Hals, mein Körper krampfte, meine Hand schlug zur Seite und traf sie hart ins Gesicht. Ich sah sie an und mein Blick wurde starr.

Sie wartete, bis ich ruhig lag. Dann bettete sie meinen Kopf auf das Kissen, stand auf und zog ihr Kleid zurecht. Atmete ein und aus. Spürte das Senken der Lider über den Augäpfeln, das Zusammenstoßen der Wimpern, ein Zittern in den Knien. Wie die Haut den Stoff ihrer Kleidung berührte, und die Luft ihre nackte Haut. Das leichte Schwanken des Körpers, als sie das Gewicht von einem Fuß auf den anderen verlagerte. Mein Blut körperwarm auf ihren Unterarmen, an den Fingern und im Gesicht. Meine Beine waren verdreht, mein Kopf war zur Seite gekippt.

Noch eine Weile stand sie vor dem Bett und sah zu, wie

die dunklen Flecken auf dem Laken wuchsen, und in diesem Moment ähnelte sie Dir, Billy, mehr als mir.

Vorsichtig, wie, um mich nicht zu wecken, nahm sie unser T-Shirt vom Boden auf, wickelte das Messer darin ein und ging hinaus.

Im Bad wusch sie sich das Blut von den Händen und aus dem Gesicht, spülte sorgfältig das Porzellanrund des Beckens nach, betrachtete ihr Spiegelbild und erkannte sich nicht. Sie nahm meine Haarbürste aus der Kosmetiktasche, und kämmte ein paar meiner Haare mit in den strammen Zopf, den sie sich hoch auf dem Hinterkopf band. Dann tauschte sie ihr dunkles Kleid gegen mein weißes ein, das ich am frühen Nachmittag ausgezogen und für sie über die Duschstange gehängt hatte, malte mit meinem Lippenstift ihren Mund rot, drehte sich um und zog die Lederjacke an, nahm das eingewickelte Messer und steckte es in die linke Innentasche, faltete ihr Kleid zusammen und schob es in die rechte Innentasche, band sich die Schuhe zu.

Ein kurzer Blick aus dem Küchenfenster. Ein paar Vögel in den Ästen der Zitronenbäume auf dem schmalen Rasenstück vor dem Haus. An der Straßenecke ein Mann, der von der Ladefläche seines Wagens herunter Erdbeeren verkaufte. Der graue Bogen der Tangente, die auf Stelzen aufgebockt hinter der Wohnsiedlung in die Stadt mündete, die tiefstehende Sonne, die von den Blechkarosserien und Fenstern der Autos zurückgeworfen wurde.

Noch einmal tastete sie nach dem Messer, das Päckchen auf Herzhöhe, nahm dann meinen Pass und den Wohnungsschlüssel, die, wie zuvor verabredet, auf dem Küchentisch lagen. Der Erdbeermann stapelte die letzten Steigen aufeinander und sprang von der Ladefläche. Zwei Kinder mit Palmkätzchen in der Hand rannten an ihm vorbei. Sie wartete, bis sich die Straße vor dem Haus geleert hatte. Dann trat sie hinaus, sah nach rechts und links, und zog die Haustür hinter sich zu.

Du wirst sie mögen, Billy, sie wird alles anders machen als ich: Sie wird Dir schreiben und sie wird Dich besuchen, ich habe ihr ein Flugticket gekauft. Es ist der fünfte April zweitausendundneun, kurz nach fünf Uhr am Nachmittag. Ab jetzt wird alles wieder gut.

1998–1999

Sonntag, 5. April 1998.
Carnation City. 17:00.

Der Hund hatte den niedrigen Gartenzaun erreicht und sprang mit einem Satz hinüber. Erst auf der Straße blieb er stehen und sah sich nach dem Jungen um, der im flachen Wasser des aufblasbaren Schwimmbeckens saß, den zweiten Stein fallen gelassen hatte und beide Hände auf die Ohren presste. Im hinteren Teil des Gartens sirrte ein Rasensprenger. Die Blätter der Platanen warfen Schatten auf das Gesicht des Jungen. Der Hund stellte die Ohren auf. Das Geräusch eines Dodge Nitro, der in die Straße einbog und langsam auf ihn zufuhr, während er das Schienbein nach vorne streckte und etwas aus dem Fell biss, sich dann noch einmal umdrehte und die Straße hinabsah, bevor er den Hügel hinauf humpelte und hinter der Kuppe verschwand, von der man bis zu Joe's Liquor und zur Tankstelle hinuntersehen konnte.

Auf der anderen Seite des Hügels lag das Feld mit den Trailern. Von Weitem glichen die großen, beigelackierten Wagen einer Herde grasender Büffel. Neben dem Platz zweigte ein Weg von der Hauptstraße ab, führte durch ein einzeln stehendes Eisentor und schnitt eine gerade Linie in die Ebene. Mauerreste ragten aus dem Buschwerk hervor, ein Schilderpfahl mit einem letzten verbliebenen Pfeil, der in Richtung des Horizonts wies. Die Schrift war verwittert, das Holz vom Winterregen ausgewaschen.

Der Hund hatte die Tankstelle erreicht, hob das Bein gegen eine Säule, dann bog er hinter dem Trailerpark auf einen schmalen Feldweg ab, der sich fast unsichtbar durch das Gebüsch schlängelte. Noch einmal drehte er den Kopf in Richtung des Hügels, hinter dem der Junge im Schwimmbecken saß und vorsichtig erst die linke, dann die rechte Hand von den Ohren nahm, den Kopf schüttelte, mit der Faust einmal, zweimal hart ins Wasser schlug, so dass es glitzernd im Licht aufspritzte. Dann verschwand das Tier im Buschwerk neben dem Pfad.

Billy stand auf, griff in die Hosentasche, wartete, bis die Wasseroberfläche glatt war, dann ließ er einen Stein ins Wasser fallen und betrachtete die Kreise. Ließ einen zweiten Stein ins Wasser fallen, sah zu, wie die Kreise sich überschnitten. Lief im durchnässten Baseballtrikot zum Zaun hinüber. Der Wind auf der nassen Haut. Die ausgeblichenen Partygirlanden, die seit dem Barbecue im letzten Sommer zwischen dem Hauseingang und den zwei großen Platanen gespannt waren, knatterten. Billy griff mit den Händen um den Zaunpfahl, bis die Knöchel weiß hervortraten, und sah dem Auto entgegen.

Der Hund hatte sich zwischen den Mauerresten im Schutz der Büsche zusammengerollt und biss die Wunden am Rücken und an den Hinterläufen sauber. Billys Steine hatten scharfe Kanten. Über der Schnauze rann ein dünner roter Faden in seine feuchte Nase, aus dem Ohr blutete es stärker. Der Schwanz war eingeknickt, als wäre er gebrochen, und lag bewegungslos neben ihm auf dem trockenen Boden.

Die Mutter öffnete die Autotür und stieg umständlich aus, lief mit einem Kleidersack über dem Arm ins Haus hinein, ohne Billy zu beachten, der am Rand des Grundstücks stand und in die Luft starrte. Plötzlich hielt Amanda mit dem Fahrrad vor ihm und ließ die Klingel aufschnarren.

Seine Schwester stieg ab und ließ das Rad gegen den Zaun sinken. »Was ist los?«, fragte sie, kniff die Augen gegen die Sonne zusammen und musterte ihren Bruder, streckte die Hand aus, griff in seine Hosentasche und nahm die zwei letzten Steine heraus. »Wo ist Mom?« Billy machte eine Kopfbewegung in Richtung des Hauses und bückte sich nach dem Baseballschläger, der im Gras lag. »Heute Nacht, Amanda«, sagte er. Seine Schwester schleuderte die Steine auf die Straße, einer sprang hoch, prallte gegen die Beifahrertür des Dodge und hinterließ einen Kratzer im Lack. Sie drehte sich um und lief die Straße hinunter, an den Vorgärten und Autos der Nachbarn vorbei. »Heute Nacht. Du wirst schon sehen!«, rief Billy ihr hinterher. Er sah zu, wie Amanda den Hügel hinaufging und, wie zuvor schon der Hund, hinter der Kuppe verschwand.

In der Küche räumte seine Mutter leere Schnapsflaschen in Papiertüten, versprühte Raumduft Zitrone-Ananas, wischte sich mit dem Handrücken den Schweiß von der Oberlippe. Der unterste Knopf ihrer Bluse war aufgesprungen, darunter kam das weiche helle Fleisch ihres Bauches zum Vorschein. Billy drehte sich angewidert um, als seine Mutter aufsah und ihn gedankenverloren anlächelte. Auf der Bistrotheke tauten zwei Steaks an, das wässrige Blut sammelte sich auf der weißen Plastikunterlage.

Billy wog den Baseballschläger in der Hand und ging auf

sein Zimmer. Das regelmäßige Tocken des Schlägers am Handlauf, das jedem Schritt nachklang, während Amanda sich im Feld neben dem Hund zusammenrollte, ihm über das räudige Fell strich, über das verkrustete Blut am Wundrand, an Schnauze und Ohr. Billy schloss die Augen, hielt die Luft an, setzte einen Schritt über den anderen, ließ den Schläger gegen das Holz federn, ein Geräusch, als treffe er auf Knochen. Der Rhythmus ersetzte das Atmen, die Luft staute sich in den Lungen, Tock, Tock, Tock, nach jedem Schritt ein Schlag, dann plötzlich Stille, als der Schläger ins Leere schwang. Seine Füße versackten im Teppichboden.

In der Küche klopfte seine Mutter die Steaks, rührte Marinade an, das Klappern des Plastiklöffels im Glas, dazu das Auf und Ab ihrer Stimme, sie telefonierte wie immer mit Lautsprecher.

Billy ging am ersten Zimmer vorbei, das der Treppe gegenüber lag. Seine kleine Schwester saß auf dem Bett. Sie hatte die Fingerknöchel im Mund. Billy sah sie nicht, ging, ohne die Augen zu öffnen, auch am zweiten und dritten Zimmer vorbei. Beharrlich flutete die Stimme der Mutter durch die Decke. Am Ende des Flures blieb er stehen und stieß die angehaltene Luft aus. Das Bild eines zerspringenden Schädels. Etwas, das plötzlich in zwei Teile barst, ohne ein Geräusch und in Zeitlupe.

Im Feld hob der Hund träge den Kopf, leckte sich mit der Zunge über die verkrustete Nase, sprang plötzlich auf und fiel jaulend neben Amanda zurück auf die Seite. Das verletzte Hinterbein knickte einfach unter ihm weg. Amanda spürte, wie der Tag sich um sie herum zusammenzog, zu einem Kokon wurde. Sie bemerkte die Steine nicht, die sich durch den Stoff der Kleidung drückten, den Sand nicht, der überall klebte, zwischen den Zähnen, im Haar, in den Augenbrauen. Da war nur der Atem des Hundes, nah an ihrem Gesicht, der faulige Geruch nach altem Tier. Der Hund hatte die Augen geschlossen und gab nur ab und zu einen tiefen Laut von sich. Wenn Amanda den Kopf hob, sah sie die vereinzelten Lichter der Trailer, die zwischen ihr und dem Hügel standen.

Nach dem Abendessen saß Billy an Amandas Schreibtisch und blätterte in ihrem Notizbuch. Ein Nachtfalter stieß dumpf gegen das Fenster. Billy las und tippte nervös mit dem Fuß gegen das Stuhlbein, suchte, ob sie etwas über ihn geschrieben hatte, blätterte immer weiter, während das Insekt gegen die Scheibe stieß, aber er kam im Leben seiner Schwester nicht vor.

Billy sprach einzelne Sätze laut: »Erst muss unsere Seele heil werden, dann kann unser Körper folgen.«

Auf der nächsten Seite: »Liebe Amanda, vielen Dank für die Einsendung Deiner Fotos und Deiner Bewerbung für den Showteil des New Mickey Mouse Club. Da im Showteil nur Kinder auftreten, die außerordentliches Können als Sänger, Tänzer oder Musiker mitbringen und eine ausgeprägte Bühnenpräsenz haben, konnten wir Dich leider nicht berücksichtigen. Trotzdem wünschen wir Dir alles Gute, und hoffen, dass Du auch in Zukunft Freude daran hast, Deine Talente mit anderen zu teilen.«

Billy überblätterte ein paar Seiten. »Und dann ist Mutter durchgedreht und hat mich ins Camp Kiwi geschickt, so ein Camp von bekennenden Christen«, las Billy und erinnerte sich an nichts davon. Weder an das Camp noch an das schlechte Video, das seine Schwester tatsächlich mit der Kamera des Vaters aufgenommen hatte, und auf dem sie einfach nur in der Mitte ihres Zimmers zu sehen ist und geradeaus schaut, ohne zu tanzen oder zu singen oder etwas über sich zu erzählen.

Weiter hinten: »Es wird Frühling. Die Kirschblüten sind so hübsch. Wenn ich keine Scheiße baue, darf ich zurück nach Hause. Und so etwas wie Liebe unter Mädchen gibt es nicht, weil alle Mädchen knallhart konkurrierende Fotzen sind. Trotzdem will ich, dass meine Freundin hier übernachten darf. Sie ist so schön.«

Billy überblätterte die nächsten Seiten. Schließlich der letzte Eintrag: »Billy und ich haben eine lange seltsame Reise vor uns. Wir sind erstens aus Reinheit geboren und zweitens und noch wichtiger aus Verzweiflung. Aber ich will innerlich sauber sein und äußerlich blitzblank und rein. Mein Gesicht in Fliederblüten oder Kirschblüten oder Sonstwasfürblüten vergraben. Und ich muss mich beeilen.« Der Nachtfalter hatte sich an den unteren Rand des Fensterrahmens gesetzt.

»Ich will innerlich sauber sein und äußerlich blitzblank und rein«, wiederholte Billy und klappte das Buch zu, »ich will innerlich sauber sein und äußerlich blitzblankrein.«

Der Baseballschläger lag hinter ihm auf Amandas Bett. Seine kleine Schwester schlief. Seine Mutter saß vor dem Schminkspiegel und rieb mit ölgetränkten Wattepads in ihrem Gesicht herum. Der Vater las die Zeitung im Bett.

Amanda stand auf, als das Reklameschild der Tankstelle aufflackerte, dahinter das Logo von Joe's Liquor und die Coca-Cola-Werbung.

Der Hund hatte die Augen geschlossen. Vom Boden kroch

jetzt Kälte in die Knochen, sein Fell war dünn. In einigen Metern Entfernung öffnete sich das Gestrüpp zu einem kreisrunden Platz. Der Boden dort war grob gepflastert, ringsum niedrige Büsche mit kahlen Zweigen. Irgendwo im Dunkeln der Horizont. In ihrem Rücken, zwei Kilometer entfernt, das Haus.

Sie hörte, wie der Hund versuchte aufzustehen und ihr nachzukommen, hörte das dumpfe Geräusch, mit dem der Körper zurück auf die Erde fiel, ein Schnaufen, dann die Stille, die sie und das Tier umgab.

Amanda drehte sich um, lief zurück, ein Licht von der Straße verirrte sich und schimmerte hell auf der feuchten Nase des Tieres. Sie kniete sich hin und vergrub das Gesicht in seinem harten Fell, spürte ein Zittern, schob dem Hund die Hand ins offene Maul. »Beiß zu«, flüsterte sie, »nun mach schon, beiß endlich zu.« Der Hund öffnete die Augen auch jetzt nicht. Er schnaufte, ein zäher Speichelfaden floss aus dem Maul und an ihrem Handgelenk hinab. Amanda zog ihren Arm aus der Schnauze des Hundes, kniete sich vor ihm hin, tastete nach einem Steinbrocken, griff in die Dornen der Büsche, stand auf, weil sie nichts fand, lief einmal um das Tier herum. Ihre Augen brannten, sie zog die Nase hoch, nahm schließlich einen der Steine, der von der Wegbefestigung übrig geblieben war, und holte mit beiden Händen weit über dem Kopf Schwung. Der Kokon verschluckte das Geräusch.

Kurz nach Mitternacht lief Amanda den Hügel hinauf, vorbei an den Trailern, vorbei an der Tankstelle und Joe's Liquor, zurück nach Hause. Unter den Fingernägeln hatte sie Erde, ein paar dünne Zweige im Haar. Der Hund lag unter einem Haufen aus Ästen und Steinen, die sie auf dem schlaffen Körper übereinander geschichtet hatte.

Das Blaulicht des Rettungswagens schnitt die Dunkelheit in Kreise. Im Wagen standen zwei Tragen mit roten Decken, zwei hektische Sanitäter riefen sich gegenseitig Anweisungen zu. Amanda lief an ihnen vorbei ins Haus. In der Küche spielte das Radio. Billy saß ganz ruhig auf einem der Barhocker davor, den linken Ellenbogen auf den Küchentresen gestützt, die Hände auf die Ohren gepresst. Als Amanda hineinkam, hob er den Kopf und sah sie an.

Sonntag, 5. April 1998.
Rom. Trastevere. 20:00.

Andrea Landolfi vernähte den letzten Zentimeter, schnitt den grauen Faden ab und legte die Nadel neben den Oberschenkel der Toten, als die Vögel endlich ihre Schlafplätze in den Baumkronen am Tiberufer wiedergefunden hatten. Die Pathologie lag nur eine Straße entfernt vom Ufer, im Souterrain des Polizeigebäudes in Trastevere. Wenn der Wind günstig stand, hörte Landolfi die durch das Megaphon verzerrten Rabenstimmen, mit denen ein Mann im Regencape jeden Abend die Stare zu vertreiben versuchte, die als flirrende Wolke zwischen der rechten und linken Tiberseite hin und her pendelten. Die parkenden Autos, die Brücke und das Pflaster waren weiß vom Vogelkot.

Landolfi lehnte sich gegen den zweiten leeren Tisch und betrachtete die Fremde, die vor ihm im Neonlicht auf dem blanken Metall lag. Sie hatte braunes Haar bis zum Kinn, eine Ansammlung von Leberflecken rund um den Bauchnabel, an beiden Oberarmen Druckmale, ihre Brüste fielen leicht zur Seite, und wenn er vorsichtig die Oberlippe hochzog, sah er einen abgebrochenen Schneidezahn. Ansonsten hatte sie keine sichtbaren Verletzungen, und abgesehen vom Grau des Fadens, lag sie wieder so vor ihm wie zuvor. Die Lüftung war am Morgen für eine halbe Stunde ausgefallen, seitdem stand ein süßer Geruch in den weiß gekachelten Räumen.

Das Telefon klingelte. Auf dem Display blinkte die Nummer des Fotolabors. Als Landolfi nach dem fünften oder sechsten Läuten abnahm, hatte Claudia bereits aufgelegt. Landolfi drückte die Kurzwahltaste, griff nach der Dose Lemon Soda, die neben dem PC stand, und betrachtete das neongelbe Logo auf schwarzem Grund. Jetzt nahm Claudia nicht ab. Sie waren für den Abend zum Essen verabredet, aber Landolfi hatte keine Lust mehr, sie zu sehen. Er legte auf und las sich seine Notizen durch: Todeszeitpunkt zwischen zweiundzwanzig Uhr und Mitternacht des vorigen Tages; Name und Geburtsdatum, wie sie in der offiziellen Akte standen. Sternzeichen Widder errechnete er und stellte sich die gebogenen Hörner vor, das Geräusch, wenn die Tiere während der Brunftzeit im Kampf um ein Schaf gegeneinanderrannten.

Der Staatsanwalt wartete auf den Bericht. Seit dem Morgen schon hatte Landolfi diese Arbeit vor sich hergeschoben, es war bereits die zweite Tote in dieser Woche, das waren zwei zu viel. Am frühen Abend hatte er sich schließlich dazu durchgerungen, das Skalpell anzusetzen und die Frau zu öffnen. Immer wieder machte er Pausen, trank Limonade, ein Kopfschmerz breitete sich hinter seiner Stirn aus. Landolfi rauchte gegen den schalen Geschmack im Mund an, blies den Rauch aus den vergitterten Fenstern im Vorzimmer hinaus, während auf Kopfhöhe Menschen an ihm vorbei über den Innenhof des Polizeigebäudes liefen.

Anstatt das Herz, die Lunge und alle anderen Organe zu untersuchen, hatte er sich jedoch über die Computertastatur gebeugt und im Stehen ein paar Sätze in das Formular getippt, Herzversagen, eine nicht ganz abwegige Diagnose, dann hatte er etwas über koronare Erkrankung, SCD und

Blutwerte hinzugefügt, und die Frau so schnell wie möglich wieder zugemacht.

Früher hatte er routiniert und schnell die Körper geöffnet und wieder verschlossen, hatte sorgfältig gearbeitet. Seit einigen Wochen wurde ihm jedoch schlecht, wenn er das Laken zurückschlug und anstelle eines warmen intakten Körpers den kalten Körper vorfand. Oft musste er jetzt das Skalpell aus der Hand legen, gegen Schwindel und Übelkeit ankämpfen, selten schaffte er es weiter als bis zum T-Schnitt.

Im Kopf überschlug er die Wochen bis zur Sommerpause, neun, die Jahre bis zur Pensionierung, fünfundzwanzig, die Minuten bis zum nächsten Termin, fünfzig. Obwohl es erst April war, lag die Stadt seit Tagen unter einer feuchten Wärmeglocke, die Landolfi abwechselnd aggressiv oder träge machte. Er speicherte die Datei und fuhr den PC herunter, nahm das Tuch und deckte die Tote bis zum Hals zu, löste die Sperre der Räder und schob die Frau in die Kühlungsräume hinüber. Ihr Kopf kippte zur Seite, als er die Bahre über eine unebene Fliese rollte. Landolfi zog die Tür des Schranks auf, der die ganze Längsseite des ersten Raumes einnahm. Vorsichtig legte er den Kopf der Toten gerade, schob sie mit den Füßen voran nur bis zur Hälfte in ihr Fach und betrachtete ihr Gesicht. Er hätte sich nicht gewundert, wenn sie plötzlich die Augen geöffnet und ihn angesehen hätte. Er beugte sich vor, der Kopfschmerz breitete sich weiter hinter seiner Stirn aus und verschleierte ihm den Blick. Das Gesicht vor ihm war nur noch ein verschwommener Schatten. Landolfi blinzelte, tastete nach der Tischkante, fand stattdessen die Schulter der Toten, hielt sie fest und sah sich selbst reglos auf der Bahre liegen, kniff noch einmal die Augen zusammen, schüttelte den Kopf, fasste das

Gesicht der Toten mit beiden Händen und presste seine pochende Stirn auf ihre kalte Haut. Der Schädelknochen, die leichten Einbuchtungen an den Schläfen, gaben unter dem Druck seiner Hände kaum merklich nach. Er versuchte, sich Claudia vorzustellen. Wie sie im Schein der Rotlichtlampen im Fotolabor stand und die Bilder, die sie für seine Obduktionsberichte anfertigte, an Trockenleinen über ihrem Kopf befestigte. Wie er eine Hand um ihren Hinterkopf legen, die Finger in ihr kurzes Haar schieben, ihr Gesicht zu sich heranziehen und mit der anderen Hand nach ihrer Brust greifen würde. Schob dabei die Hände unter das grüne Tuch, mit dem er die Leiche zugedeckt hatte, und legte sie auf die kalten Brüste der Frau. Sah Claudia, die sich nach ihm umdrehte, beugte sich noch ein Stück weiter nach vorne und drückte seinen halb geöffneten Mund auf den der Toten. Die Lippen waren kalt. Landolfi zuckte zurück, sah auf. Auch im Fotolabor waren die Gesichter der Toten, ihre Wunden und Verstümmelungen; er entkam ihnen nicht, und Claudias Gesicht entzog sich ihm.

Landolfi stieß die Liege ins Fach hinein. Es krachte, Metall an Metall. Landolfi schlug die Tür zu, verriegelte die Kühlung, die Lüftung sprang an.

Am Waschbecken neben der Tür wusch er sich das Gesicht mit kaltem Wasser, bis sein Blick klar war. Dann hängte er den Kittel neben die Tür, zog die Überschuhe aus, warf sie in den Müll, und nahm im Vorzimmer seinen Mantel von der Garderobe. Das Telefon klingelte zum zweiten Mal. Landolfi lief die Treppe ins Erdgeschoss hinauf und hinaus in die feuchtwarme Aprilluft. Im Innenhof schaltete er sein Handy aus und trat am Pförtnerhäuschen vorbei auf die Straße.

Claudia war gerade eingeschlafen, als Andrea gegen Mitternacht klingelte. Im Halbschlaf tastete sie nach dem Schlüssel auf dem Nachttisch und warf ihn vom Bett aus durch das geöffnete Fenster hinunter. Ihr Schlafzimmerfenster ging auf die Chiesa delle Anime Sante hinüber. Anstelle einer Mauer grenzten nur einige schmale Bäume den Innenhof des Wohnblocks vom Grundstück der Kirche ab. Der Lampenkopf des Strahlers, der sonst den Glockenturm in gelbes Licht tauchte, war zur Seite gekippt und schien direkt in ihr Gesicht.

Claudias Wohnung lag über dem Fotoladen, den der Vater ihr vorzeitig vererbt hatte. Eine Wendeltreppe führte zwischen Verkaufsraum und Dunkelkammer in den ersten Stock hinauf, in dem das Schlafzimmer, ein Kinderzimmer, Bad und Küche lagen. Claudia mochte den Geruch der Entwickler- und Fixierflüssigkeiten, der seit Jahren in den Räumen des Studios im Erdgeschoss stand, und die Orgelmusik, die zu ihr hinüberklang, wenn der Organist zweimal am Tag, nach der Morgenandacht und gegen Abend, seine Schüler unterrichtete. Normalerweise blieb Andrea nicht über Nacht, sondern fuhr, wenn sie miteinander geschlafen hatten, direkt in seine Wohnung, die weniger eng war, weniger altmodisch möbliert, ohne Kinderspielzeug auf dem Boden, und die aus weißen fast leeren Zimmern bestand.

Andrea stieß sich auf der Treppe den Kopf am letzten Deckenbalken. Claudia streckte ihm lachend die Arme entgegen, als er ins Zimmer trat und sich die Stirn rieb. Er ignorierte die angebotene Umarmung, zog sich aus, ließ sich neben sie fallen und rollte sich am äußersten Rand des Bettes zusammen. Sein Oberarm war mit Frischhaltefolie umwickelt. Es knisterte, wenn er sich bewegte. Claudia sah auf den Radiowecker, es war halb eins. Ihre Tochter brabbelte im Schlaf vor sich hin. »Gute Nacht, Andrea«, sagte sie. »Ja«, sagte er, »schlaf weiter.«

Das neue Bild war ebenfalls schwarzweiß, das konnte Claudia im Scheinwerferlicht erkennen. Sie legte ihre Hand auf den Umriss des Widderkopfes unter Frischhaltefolie. Es war das sechste innerhalb weniger Monate. Nicht alle waren schon zu Ende gestochen. Einmal, nach dem zweiten oder dritten Bild, hatte Andrea es ihr erklärt: Zuerst wurden die Motive entworfen, dann wie Klebetattoos auf die Haut übertragen, konturiert, Flächen ausgefüllt und später, wenn der erste Schorf verheilt war, wurden die Schattierungen nachgearbeitet. »Ich mach uns den Abschied leichter«, hatte Andrea gesagt. »Bekomm ich dann auch irgendwann so eines, zum Abschied?« »Ganz bestimmt nicht«.

Andrea war eingeschlafen. Claudia stand auf, zog eine Zigarette aus seinem Päckchen, nahm das Feuerzeug, aber der Stein drehte sich nicht mehr. Sie ging in die Küche, duckte sich unter den Schnüren hindurch, an denen die Fotos der letzten Monate hingen, und zündete die Zigarette an der Flamme des Gasherds an.

Claudia ließ die Bilder der abgeschlossenen Fälle immer einige Wochen lang in ihrer Küche hängen. So, wie man Urlaubsfotos von Freunden an Kühlschränke oder Wände pinnte und irgendwann gegen neue ersetzte. Die geschlossenen Augen der Toten hatten etwas Beruhigendes. Oft saß sie dort und betrachtete die Gesichter, rauchte, und der Rauch berührte flüchtig die Wangen und Augenlider der Toten.

Claudia wendete das Feuerzeug des Tätowier-Studios in der Hand. Via St. Barbara XXIV, Dan Moreira. Claudia kannte die Adresse, sie war ein paar Mal schon an dem Haus vorbeigefahren. Neben dem Eingang zum Studio war eine Bar, daneben eine Bankfiliale, ein Upim-Store mit bunten Kinderkleidern und Kuscheltieren im Schaufenster.

Claudia setzte sich, strich die Asche ab, fuhr sich mit der Hand durchs Haar, während Andrea sich nebenan auf den Bauch drehte, im Schlaf nach den Hörnern des Widders griff, der Schmerz pulsierte in den Einstichen, das Tier schüttelte ihn ab. Andrea stöhnte leise.

Claudia schaltete den Fernseher ein, den Ton aus und wartete, bis die flimmernden Bilder ihr schließlich die Müdigkeit vorgaukelten, die sie brauchte, um sich zurück neben Andrea legen zu können.

Montag, 6. April 1998.
Carnation City. 05:30.

Amanda stand zwischen Waschbecken und Toilette im Badezimmer. Sie strich sich eine Haarsträhne hinters Ohr, fuhr mit der Zunge über den feinen Riss auf der Innenseite der geschwollenen Lippe. Dort hatte Billys Ellenbogen sie getroffen, als sie ihn aus der Küche ziehen wollte, und Billy sich blitzschnell umdrehte und nach dem umfallenden Hocker griff. Sein T-Shirt war voller Blut, auch die Shorts, die nackten Füße. Er hatte sich nur das Gesicht, Hände und Arme gewaschen, bevor er die Polizei gerufen und in der Küche auf sie gewartet hatte. »Und«, hatte er gesagt, seinen Arm losgerissen und sich dicht vor sie gestellt, »was machst du jetzt?« Amandas Lippe pulsierte, das Radio spielte irgendeinen Popsong aus den Singlecharts, Billy hatte einen Schritt zurück gemacht und sie spöttisch gemustert, ein Polizist hatte ihm Handschellen angelegt und ihn abgeführt.

Amanda nahm einen Streifen Aspirin, drückte drei Kautabletten heraus und schob sie in den Mund, sah noch einmal in den Spiegel, dann öffnete sie die Tür.

Der Officer lehnte an der Wand. Seit sie plötzlich in der Küche gestanden hatte, wartete er darauf, dass sie in Tränen ausbrechen oder anfangen würde zu schreien, aber nichts davon passierte. Amanda hob beide Arme und streckte ihm ihre Handgelenke entgegen, aber Gordon schüttelte irritiert den Kopf und nickte in Richtung der Haustür. Amanda schluckte den Rest der Tabletten, lief den Flur hinunter, ins Wohnzimmer und hinaus auf das Rasenstück. Vor dem Haus parkte noch der dritte Krankenwagen. Hinter den Gardinen des gegenüberliegenden Hauses zuckte es. Kein Auto kam den Hügel hinunter. Die Girlande knatterte, als Wind aufkam und nach Amandas Haaren griff. Billy saß auf der Rückbank des Polizeiautos. Er drehte den Kopf zur Seite. Die abgetönten Scheiben färbten seine Augen dunkel. Amanda sah ihn an, sah weg. Gordon nahm sie am Arm und führte sie zum Jeep hinüber, öffnete ihr die Tür und schob sie in den Wagen.

Über dem Feld verschwammen rosafarbene Streifen im Grau. Die drei Autos kamen die Straße hinab, fuhren an der Tankstelle und an Joe's Liquor vorbei. Zuerst die Polizei, dann der Jeep, zuletzt der Krankenwagen. Amandas geschwollene Lippe zuckte, als sie das Feld hinter den Trailern passierten und auf den Freeway abbogen. Über dem Hundekadaver schwirrten die Fliegen.

Als Cliff um halb acht die letzten Warenkartons im Liquor ausräumte, stand Aileen auf und ging, so wie jeden Montag, zu den Bornes hinauf. Sie blieb unschlüssig vor dem Absperrband stehen, das rund um das Grundstück gezogen war. Das Haus war still, die Läden geschlossen, die Tür versiegelt. Das Tor des Garagenanbaus links neben dem Haus stand einen Spaltbreit auf. Aileen sah die Reifen des Autos, zwei Wasserkisten, einen alten roten Plastiktraktor.

Aileen putzte bei den Bornes, versorgte die jüngste Tochter, wenn sie früher als die anderen zwei Kinder aus der

Schule kam, erledigte Einkäufe und stellte die Papiertüten auf der Treppe am Eingang oder in der Garage ab. Es dauerte ein paar Sekunden, bis sie verstand. Das Dunkle, das kurz nach ihr gegriffen hatte, als sie von der Hügelkuppe aus die stille Straße hinuntergeschaut hatte. Aileen hielt sich am Zaun fest. Wie hässlich die Girlanden waren.

»Komm mit«, sagte Cliff plötzlich und legte ihr eine Hand um die Taille. Aileen hatte ihn nicht kommen gehört. Nachts nahm sie Schlaftabletten, morgens war sie oft träge, wie in Watte gepackt. »Ein schönes Haus. Es ist eigentlich ein sehr schönes Haus«, sagte sie, aber Cliff war schon vorgelaufen und winkte ungeduldig.

Später saß Aileen vor ihrem Trailer und spannte eine neue Saite auf die Gitarre. Cliff zog die Schnürung seiner Jogginghose enger und setzte sich ihr gegenüber. Gerne hätte er Aileen gefragt, ob sie wüsste, was dort oben passiert sei. Alle hätten sie das gerne gefragt. Sie war die Einzige aus dem Trailerpark, die etwas mit der Borne-Familie zu tun hatte. Manchmal war der riesige Hund zwischen den Wagen herumgestromert, und in den letzten Tagen hatte Cliff ab und zu die älteste Tochter gesehen, in Hotpants und Lederjacke, wie sie gegen Abend auf dem Fahrrad ins Feld fuhr, durch das Eisentor und den Weg hinunter, am Schilderpfahl vorbei, der auf die blasse Linie am Horizont wies, und immer weiter geradeaus, als warte dort irgendwo jemand auf sie.

Aileen hätte keine Antwort gewusst, hätte Cliff sie gefragt. Sie ließ die Finger über die Saiten gleiten, brachte die Schwingungen mit der flachen Hand zum Schweigen und holte Luft. Ihre Stimme wackelte bei den ersten Tönen, und Cliff sah erstaunt auf.

In der Nacht kratzte der Kater an der Tür des Trailers. Cliff öffnete ihm im Halbschlaf, nahm das Tier auf den Arm und kraulte ihm den weißen Bauch. »Kalt da draußen«, murmelte er. Das Wetterleuchten hatte begonnen. Lilafarbene Nebel am Himmel über dem Feld, dazwischen ein rotes und orangefarbenes Flimmern. Cliff setzte den Kater neben die schlafende Aileen auf das Bett, zog sich eine Strickjacke über und schloss die Tür. Draußen war es still. In den anderen Wagen brannten vereinzelt Lichter. Cliff machte ein paar Schritte in die Dunkelheit. In der Nacht zuvor, als der Himmel noch schwarz war, hatte er das Borne-Mädchen ohne ihr Fahrrad gesehen. Er war vom Licht der Polizeisirenen aufgewacht, das kurz über sein Gesicht tastete, als die Wagen am Trailerpark vorbei den Hügel hinaufgefahren waren, war aufgestanden und hinüber zur Straße gegangen. Plötzlich war Amanda aus dem Feld gekommen, war mit gesenktem Kopf an ihm vorbei und sehr langsam in die Siedlung hinaufgelaufen. Die Lichter am Himmel zuckten. Auch später noch, wenn Cliff diese Lichter sah, jedes Jahr um dieselbe Zeit, dachte er, jetzt werde wieder irgendetwas geschehen. Aber nie geschah etwas.

Montag, 6. April 1998.
Rom. Trastevere. 9:00.

»Morgen in der Schlacht, denk an mich«, sagte Landolfi, drehte sich auf den Rücken und betrachtete die Fotos der Toten über ihm. Vielleicht würde auch von ihm einmal so ein Bild hier hängen. Und darunter lagen dann Claudia und ein anderer nackter Mann, in eine lächerliche Patchworkhäkeldecke gewickelt.

Landolfi sog den Geruch des Fixierers an Claudias Haaransatz ein. Sein Schwanz pochte. Claudia und er wussten schon seit Monaten nicht mehr, was sie miteinander tun und was sie besser lassen sollten, die Grenzen waren fließend. Wenn Claudia ihm zu nahe kam, wich er aus und blieb vier oder fünf Tage fort, ohne sich zu melden, Claudia hasste das. Wenn Andrea sich zu sehr in ihrem Leben einrichtete, ohne dass er es selbst bemerkte, ließ Claudia ihn nicht in die Wohnung, schickte die Auftragsarbeiten per Kurier, ohne persönliche Notiz, und schaltete den Anrufbeantworter an.

Mitten in der Nacht hatte Claudia ihn geweckt und in die Küche geschoben, hatte sich auf die Arbeitsplatte neben den Herd gesetzt, ihre Beine geöffnet und ihn zu sich herangezogen. Der Topf mit der restlichen Tomatensoße war umgekippt, als er sie heruntergehoben und auf den Boden gelegt hatte. Sie hatte seine Arme umklammert, ihn in den

Hals gebissen und sich auf ihn gesetzt. Danach war er eingeschlafen, noch während sie mit nach vorne gekrümmtem Oberkörper zitternd auf ihm hockte. Irgendwann hatte Claudia wohl eine Decke geholt und sie zugedeckt.

»Heute in der Schlacht, denk an mich«, sagte er. »Was für eine Schlacht ist es dieses Mal?«, fragte Claudia spöttisch. Ihre Schulterblätter wie knochige Flügel. Landolfi antwortete nicht, fischte nach der Zigarettenpackung, die auf dem Boden neben dem Herd lag, überlegte es sich dann aber anders und ließ die Filterlose im Mundwinkel hängen. Sein Rücken schmerzte, seine Arme schmerzten, sein Nacken war verspannt. Nebenan plapperte das Kind vor sich hin. Claudia drehte sich um und sah ihn an, lächelte kurz. An ihren Brüsten klebte getrocknete Tomatensoße, so wie überall auf dem Boden, auf der Decke, in ihrem Haar. Der Topf lag vor dem Herd auf dem Boden. Claudia stand auf, nahm ihm die Zigarette aus dem Mund und zündete sie am Gasherd an, stellte den Soßentopf ins Spülbecken, wischte die Reste auf und begann Caffé zu machen. Ihre Arme waren mit blauen Flecken übersät, ihr kleiner Hintern wackelte bei jeder Bewegung. Landolfi wickelte sich die Decke um und blieb in der Tür stehen. »Wir sehen uns jetzt ein paar Tage nicht«, sagte er.

Während das Wasser in der Kanne hochkochte, nahm Claudia die Fotos ab, legte den Stapel auf den Küchentisch, blies den Rauch aus. »Warum?« Claudia sah auf. »Ich muss arbeiten«, sagte Andrea. »Gut«, sagte sie, »aber dann gehst du jetzt besser sofort.« Das hatte Claudia noch nie gesagt, das war sein Satz. Draußen vor dem Fenster stand glänzendhelles Blau. Claudia sah ihm dabei zu, wie er die

Decke zusammenfaltete, ins Schlafzimmer ging, sich anzog, zurückkam, sein Portemonnaie aus der Hosentasche zog und einige abgezählte Scheine neben die Fotos auf den Küchentisch warf. Claudia hielt die heruntergebrannte Kippe zwischen den Fingern, sah das Geld an, sah ihn an, drehte sich zum Fenster um. »Du warst gut. Du kannst den Rest behalten«, sagte Landolfi laut. Das Kind gluckste, verschluckte sich, hustete. Landolfi ging hinüber, hob es aus dem Bett und setzte es auf den Kinderhocker an den Küchentisch.

Auf dem Weg zum Auto wich ihm eine gelbe Katze aus und verschwand in einem unsichtbaren Loch in der Wand. Schwarz rostender Stacheldraht an einer Mauer. Gesichter im Stein, Putten und Marienfiguren. Als er auf die Via St. Barbara einbog, fiel ihm ein, dass er vergessen hatte, das Geld wieder einzustecken. Kurz ging er vom Gas, aber er hatte keine Lust umzudrehen.

»Dann bleib doch noch«, sagte Claudia leise und drehte sich nach ihrer Tochter um, aber da war Andrea schon zur Tür hinaus. Das Kind prustete lachend Orangina über den Tisch. Frolline und Saft zum Frühstück, wie jeden Morgen orangefarbene Zuckerpfützen auf dem Tisch. Claudia band erst dem Kind, dann sich selbst die Schuhe zu. Draußen war es warm, Frühling. Sie trug das Kind auf der Hüfte zum Tiber hinunter, seine kleinen Füße um ihren Bauch geklammert wie ein Affenbaby. Sie setzten sich auf die niedrige Mauer am Wasser, ihre Tochter gurrte und griff nach den Tauben. Claudia überlegte, ob sie Andrea anrufen solle, wartete bis zum Abend, dann war es zu spät.

Während die Nadel in seiner Haut vibrierte und die Verletzungen der obersten Schichten mit Farbe aufgefüllt wurden, sagte sich Landolfi im Kopf immer wieder Claudias Namen vor, überlegte sich Entschuldigungen. Die Maschine sirrte, trieb die Nadel in seine Haut und das Geräusch in seinen Kopf, und die Worte verschwanden mit den zwei Leberflecken auf dem Oberarm in den Linien des Wassermanns. Das Bild war noch nicht beendet gewesen, der Widder, die Tote vom Vortag, war dazwischengekommen. Für jede Frau, deren Todesursache er nicht herausfinden konnte, weil ihn der Schwindel überkam, ein Bild. Der Mann mit dem Wasserkrug wandte sein Gesicht dem neuen Tier zu, das unter der Folie die verschorften Hörner über Landolfis rechtes Schulterblatt streckte. Das Blut, das aus den winzigen Einstichen austrat, mischte sich mit dem Schwarz. Landolfi schloss die Augen und sah Claudias Nacken vor sich, die feinen Stoppeln, die sich in zwei dünne Stränge teilten, wie bei einem Jungen. Mit der Hand konnte er einmal ganz um ihre Arme greifen. Immer wieder wischte der Tätowierer das Blut ab, spannte die Haut zwischen den Fingern, das Kunstleder der Liege quietschte. Eine Stunde später wickelte er Frischhaltefolie um Landolfis Arm. Der spürte die Ader an seiner Schläfe pulsieren. Dazu die Hitze, die sich bis in die Fingerspitzen ausbreitete. Der Junge öffnete ihm die mit schwarzem Samtstoff verhängte Tür.

Das Sirren in den Ohren blieb, als Landolfi das Auto die Via St. Barbara hinunterlenkte. Gerade noch konnte er einem entgegenkommenden Wagen ausweichen, sein linker Arm gehorchte ihm nicht mehr. Er war froh, dass ihm im Innenhof des Quergebäudes, in dem seine Wohnung lag, nur die zwei Katzen begegneten. Sie schienen sich seit Tagen nicht vom Fleck gerührt zu haben. Landolfi lief um die Fellkugeln herum und die drei Treppenstufen zum inneren Häuserblock hinauf. Der künstlich angelegte Springbrunnen im Foyer plätscherte vor sich hin, der Fußabtreter vor seiner Tür war verrutscht. Landolfi schob ihn mit der Schuhspitze gerade, drehte den Schlüssel im oberen, dann im mittleren, dann im unteren Schloss herum. »Als Nächstes, was kommt als Nächstes?«, sagte Landolfi laut in die leere Wohnung hinein, zog sich aus und ließ die Kleidungsstücke auf dem Boden liegen. Stellte sich vor die Toilette und pinkelte. Riss schließlich, weil die Klebestreifen juckten, die Frischhaltefolie von seinem Arm. Die Haut um die schwarzgestochene Wunde war rot. Der Schmerz ließ langsam nach.

Montag, 6. April 1998.
Carnation City. 13:00.

»Der Schläger war ein Geschenk«, sagte Amanda. Auf dem Schreibtisch des Officers stapelten sich Aktenordner, die Jalousien waren halb heruntergelassen, Amanda blinzelte. »Sie haben jeden Abend trainiert«, sagte sie, »aber Billy war zu blöd, um den Ball zu treffen. Deswegen musste er ihn irgendwann nur noch fangen. Aber das konnte er auch nicht. Der Handschuh ist ihm immer von der Hand geflogen. Dad hat ihm den dann mit Klebeband ums Handgelenk gewickelt. Manchmal ist Billy damit schlafen gegangen, mit dem Kopf in der Lederschale. Als er eine Brille bekommen hat, haben sie aufgehört. Dad hatte einen ziemlich festen Schlag drauf.« Der Officer sah von der Computertastatur auf. »Du meinst, er hat deinen Bruder geschlagen?« »Mein Bruder ist nicht ausgewichen«, sagte Amanda. »Ich verstehe.« »Eine andere Form von Dankbarkeit.« Gordon überlegte, ob sie das ernst meinte. Amanda erwiderte seinen Blick. »Er spricht nicht mit uns«, sagte Gordon. Sie zuckte mit den Schultern und wickelte sich eine Haarsträhne um den Zeigefinger. »Also er spricht nicht mit uns. Und du sprichst nicht mit uns.« »Doch.« »Ist das normal? Ich meine, spricht er generell nicht?« »Er redet nicht besonders viel.« »Wusstest du, was er vorhatte? War das geplant?« »Nein.« Amanda setzte sich auf und schlug die Beine übereinander. »Nein?« »Nein, ich wusste nicht, was er vorhatte.« »Wie war euer

Verhältnis zueinander?« »Er ist mein Bruder.« »Und wo warst du?« »Das habe ich doch schon gesagt.« »Du warst den ganzen Abend dort draußen?« Sie nickte. »Und was hast du da gemacht?« »Nichts.« »Nichts?« »Der Hund ist weggelaufen. Ich habe ihn gesucht.« »Hat dich jemand gesehen?« Amanda zuckte wieder mit den Schultern. Sie sah jünger aus, als sie war, angegriffen und irgendwie zerbrechlich.

Sie hatte darum gebeten, die Leichen identifizieren zu dürfen. »Das macht man doch so?«, hatte sie gefragt. »Eigentlich schon. Aber ich denke, das ist nicht nötig«, hatte Gordon gesagt. Der Anblick von dem, was vormals die Gesichter der Mutter, des Vaters, der jüngsten Tochter, die wohl nur zufällig ins Zimmer gekommen war, gewesen waren, hatte ihn den ganzen Tag verfolgt. Irgendwann hatte er sich übergeben, bis nur noch Galle kam.

Mit zwei Fingern tippte er etwas in ein Formular ein, dann lehnte er sich zurück und musterte das Mädchen, ihren gleichgültigen Gesichtsausdruck. Ihre Haare glänzten hell, beinahe weiß, das T-Shirt mit dem Werbeaufdruck von Toys'r'us war ausgeleiert. Sie trug pinkfarbenen Nagellack, die Lederjacke hing über der Stuhllehne. Amanda drehte den Kopf und sah in den Flur hinaus. Gordon war unruhig. Das Mädchen war ihm suspekt, aber vielleicht war das der Schock. »Wir haben eine Psychologin angerufen«, sagte er. »Ich brauche keinen seelischen Beistand«, erwiderte sie schnell. »Ich rede nicht von einem Pfarrer. Die Carstensens wissen Bescheid. Du musst natürlich vorerst in der Stadt bleiben«, er grinste schief, »das heißt: keine Ausflüge, kein Urlaub.« Amanda reagierte nicht. »Das war ein Scherz, Entschuldigung.« »Dann kann ich ja gehen.« Sie stand auf und nahm die Lederjacke, lief zur Tür hinüber. »Es tut mir leid«, sagte er, aber da war sie schon hinaus.

Im Flur saß die Betreuerin, die das Amt kurzfristig zugeteilt hatte. Elisabeth Carstensen war Ärztin und hatte eigentlich ein drei bis fünf Monate altes Kleinkind aus einem Entwicklungsland zur Adoption gesucht. Sie hielt eine Schachtel Beruhigungstabletten in der Hand, stand auf und streckte sie dem Mädchen entgegen. »Amanda«, sie lächelte, »dann fahren wir mal.« Ihr Bleistiftrock rutschte beim Laufen immer höher. Amanda versuchte ihre Schritte zu zählen, die Treppen hinunter, durch die Vorhalle mit den Fliesenbildern auf dem Boden und hinaus auf die Straße. Amanda blieb stehen. Wenn sie zweimal bis zehn zählte und wieder zurück, dann ... – »Amanda«, Elisabeth fasst sie am Arm, »du musst dich ausruhen. Ich habe dort drüben geparkt«, sie zeigte auf die andere Straßenseite, »oder willst du etwas unternehmen?« Sechs, fünf, vier, drei, zwei, eins, zählte Amanda. Sie schwitzte in der Lederjacke. Elisabeth öffnete und schloss den Mund. Amanda musterte den blonden Flaum über ihrer Oberlippe, die Zunge, die beim Sprechen gegen die obere Zahnreihe stieß, aber sie hörte sie nicht. Sie wartete, dass jemand für sie den Schalter drückte, der alles zurück auf null setzte, so dass sie im Feld aufwachen würde, mit dem Kopf auf dem warmen Hundekörper. Zwei, drei, vier, fünf, sechs, sieben, acht, neun, zehn:

Montag, 6. April 1998.
Olma. 23:00.

Lucia legte das Messer zurück zu den anderen, klappte das Etui zusammen, hob die Matratze an und schob die flache Lederschatulle darunter. Schritte auf dem Flur, die vor dem Zimmer kurz anhielten. Sie ließ die Matratze los, setzte sich auf das Bett und knipste die Klemmlampe am Bettpfosten aus. Die Schwester ging weiter, am Ende des Ganges die Treppe hinunter und über den Innenhof hinüber zum Seitenflügel, in dem die Gästezimmer und die Unterrichtsräume der Schülerinnen lagen. Lucia strampelte die Decke mit den Füßen ans Bettende und legte sich auf den Rücken. Ihre Hüftknochen standen hervor, ihr Bauch hob und senkte sich beim Atmen, ihr Haar war blond gefärbt und kurz geschnitten, am Scheitel schimmerte das Naturbraun durch. Eine Stunde lang schlief sie unruhig. Als die anderen Mädchen vom Konzert zurückkamen, wachte sie kurz auf. Später noch einmal, als jemand in ihrem Achterzimmer das Fenster öffnete. Die anderen hatten die Decken bis zum Kinn gezogen, ihre Haare wie weiche Schatten auf den Kopfkissen ausgebreitet. Der Halbschlaf gaukelte ihr Flimmertierchen vor, die durch die Luft schwebten, Quallen, Lichtreflexe auf der Netzhaut. Irgendwann wurde das Dunkle im Zimmer durchlässig. Die ersten Kirchenglocken morgens um sechs. Sie stand auf, bevor das Bad von den anderen belegt war, wusch sich, zog sich an. Zurück im Zimmer nahm sie das Messeretui und schob es in die Innentasche ihrer Jacke.

Die Ordensschwestern trugen ihre Freizeitkleidung und verteilten Joghurt, Milchbrötchen, Caffè und Zuckertütchen, bevor die meisten Mädchen nach dem Frühstück über die Feiertage nach Hause fuhren. Die ersten Eltern warteten bereits im Hof. Väter, die in Anzügen an ihren Autos lehnten, Mütter mit Lederhandtaschen und hohen Schuhen, deren Absätze im Kies versanken. Auf Lucia wartete niemand. Sie stieg, so wie immer an unterrichtsfreien Tagen, in den blauen Überlandbus nach Rom, schob den Rucksack in das Gepäckfach und setzte sich auf die Rückbank.

Von Anagnina aus nahm sie die Metro in die Innenstadt, die Luft im Zug war stickig, die Ansagen vom Band leierten. Ohne auf den Namen der Station zu achten, stieg sie aus und lief hinauf in die Stadt. Tauben, Autos, Absperrungen an Ausgrabungsstellen, Katzen, die Sonne beißend im Nacken, an einer Straßenecke der Geruch nach Urin, Touristen mit Fotoapparaten und Regenschirmen, Brunnen voller rostiger Münzen, posierende Pärchen. In einer Seitenstraße plötzlich Stille. Zwei Marktschirme, leere Stühle um kleine Metalltische, Plakate mit Bierwerbungen aus den siebziger Jahren. Ein Kellner wischte ihr die Sitzfläche sauber, fegte mit der Hand ein paar Blüten von der Tischplatte, brachte Caffè und eine Schale mit Zuckertütchen, später Campari und Erdnüsse. Sie trank und beobachtete ihn durch die Glasscheiben, ging, als es gerade dämmerte und bevor die Touristen zum Aperitivo das Lokal stürmen würden, hinein und, anstatt aufs Klo, geradedurch in die Küche. Zog wahllos Schubladen auf und griff schließlich eines der Messer von der Magnetleiste über dem Herd. Der Kellner war alleine im Lokal. Er lehnte im Türrahmen und beobachtete sie, streckte die Hand aus, die Handfläche nach oben gedreht. »Was soll das? Was machst du da?« Da hatte sie das Messer schon in ein Küchentuch gewickelt und in den Rucksack gesteckt. »Es ist nur eine Leihgabe.« »Nein.« Er versperrte ihr den Weg, griff nach dem Rucksack, sie lachte, zerrte, der Träger riss, sie fiel nach hinten, landete in einem Stapel leerer Gemüsekartons. Er zog sie hoch, versuchte ihr den Rucksack abzunehmen, aber Lucia war stärker, entwand sich dem Griff des Kellners, er stolperte, sie trat nach seinem Schienbein, rannte durch das Lokal hinaus auf die Straße und lief mit dem Rucksack in der Hand davon.

Donnerstag, 9. April 1998.
Carnation City. 10:00.

Amanda erwachte nicht draußen im Feld, sondern in einem mit Blumenranken tapezierten Zimmer, in dem es hell war, nicht dunkel und warm statt kalt. Gerade noch hatte der Hund seinen Kopf auf ihren Bauch gelegt, ihr T-Shirt war nass vom Speichel, der ihm aus dem Maul floss, von ihrem Schweiß. Amanda hörte den gleichmäßigen Verkehr auf der Straße, die am Haus vorbei zum Einkaufszentrum führte. Die Stimmen spielender Kinder in den Vorgärten der Wohnblöcke westlich des Highways. Sie zog Billys Toys'r'us-T-Shirt aus, faltete es zusammen und nahm das schwarze Kleid vom Bügel, das Elisabeth Carstensen ihr in den ansonsten leeren Kleiderschrank gehängt hatte. Elisabeth hatte angeboten, ein paar Sachen aus dem Haus zu holen. Amanda lehnte ab, und Elisabeth sortierte, sichtlich erleichtert, ein paar ihrer eigenen Kleider aus, die sie, als Amanda schlief, neben ihr Bett legte.

Der Stoff des Kleides war hart, er quietschte bei jeder Bewegung. Amanda zog den Reißverschluss hoch, strich die Rüstung glatt und ging hinunter in die Küche. »Guten Morgen, Amanda«, Elisabeth lächelte bemüht, »bist du so weit?« Ihr schwarzer Hosenanzug war voller heller Fusseln, als hätte sie ihn mit Taschentüchern zusammen gewaschen. Sie schien es nicht zu bemerken oder gekonnt zu ignorieren. »Ja«, sagte Amanda, »natürlich.«

Die Fahrt dauerte eine Dreiviertelstunde. Amanda versuchte, sich den Augenblick vorzustellen, in dem ihr Kopf zerspringen würde. Die Wucht des Schlages, wenn das Holz auf die Knochenschale traf. Billys offenen Mund. Elisabeth fuhr einen Umweg, um nicht am Haus vorbeizufahren. Vor dem Friedhof parkte sie mit zwei Zügen ein. »Sie müssen da nicht mit hin«, sagte Amanda. Elisabeth öffnete schwungvoll die Autotür und winkte ihr ungeduldig zu.

Es war nur eine kleine Gruppe, die sich auf dem Friedhof versammelt hatte. Cliff und Aileen, einige Nachbarn; ihre unbeholfenen Gesten. Amanda machte sich steif in Aileens Armen, tat einige schnelle Schritte in Richtung der ausgehobenen Gräber, griff zu früh in den bereitstehenden Silbertopf mit der Erde und ließ sie durch die Finger rieseln. Cliff sah zu ihr hinüber und hielt Aileens Hand. Der erste Sarg verschwand in der Erde, dann der zweite, dann der dritte, kleiner als die beiden zuvor, einer neben dem anderen, der kleinste in der Mitte. Drei Kreuze aus Holz, zwei große, ein kleines. Drei Minuten, zwei lange und eine kurze, in der Amanda nicht zu Billy schaute, der abseits unter den Bäumen stand. Er trug Handschellen. Amanda wusste, dass er sie ansah. Seine verspiegelten Brillengläser zeigten den Himmel ohne eine einzige Wolke. Zwei Männer mit Schlagstöcken am Gürtel standen mit gesenkten Köpfen dicht hinter ihm, als schämten sie sich. Der Geruch der frisch ausgehobenen Gräber kroch in Amandas Mund. Sie schmeckte Blut auf der Zunge, nasse Erde, verwelkte Blumen, das Parfum ihrer Mutter. Billy winkte ihr zu, als sie sich mitten in der Zeremonie umdrehte und an den Trauergästen vorbei zum Tor lief. Elisabeth Carstensen eilte ihr nach. Billy lachte und winkte, winkte noch, als sie den Friedhof schon verlassen hatte, wie aufgezogen. »Amanda, liebe Amanda mein, wann werden wir wieder zusammen sein, zusammen sein?«, summte er, »Am Montag, am Dienstag, am Mittwoch, nein, am Donnerstag, Freitag und Samstag, nein, es wird vielleicht ein Sonntag sein, Amandalein.« Die Männer nahmen ihn am Arm. Sie liefen den Sandweg zwischen den Gräbern entlang, Billy summte das Lied und drehte sich immer wieder nach der Stelle um, wo sie an der Kapelle um die Ecke gebogen und aus seinem Blickfeld verschwunden war. Einer der Männer drückte seinen Kopf nach unten und schlug die Autotür zu. Sie ließ sich nur von außen öffnen.

Während ihr Bruder zurück in die Untersuchungshaft gebracht wurde, kroch Amanda mit dem Kleid im Gästezimmer von Elisabeth Carstensen ins Bett. Am Nachmittag lehnte die Psychologin in der Tür und betrachtete die Form ihres Rückens unter der Decke. Am nächsten Morgen brachte Elisabeth Kaffee und Pancakes auf einem Tablett, das sie neben ihrem Bett abstellte, die Goldarmbänder an ihren Handgelenken klimperten. »Siehst du«, sagte sie. Amanda nickte, aß alle fünf Pancakes mit Ahornsirup, zog das Kleid aus, duschte, zog ihre frisch gewaschene Jeans und Billys Toys'r'us-T-Shirt wieder an, das Elisabeth gebügelt unter einem Stapel ihrer Blusen versteckt hatte.

Im Einkaufszentrum kaufte sie ein Cheeseburger-Menü. Im Internetcafé in der zweiten Galerie zahlte sie für eine halbe Stunde im Voraus, öffnete die Startseite der Suchmaschine, starrte auf den blinkenden Cursor, überlegte, nach sich selbst zu suchen oder nach Billy, tippte dann aber drei Wörter in das leere Feld, self-declaration of age, druckte die Antragsformulare aus und kopierte bei einer Frau an der Kasse ihren Pass. Ab jetzt war alles ganz einfach.

Ich habe mich immer nur gelangweilt. Jetzt kann ich Dir schreiben. Von Mittwoch bis Samstag und von Montag bis Mittwoch esse ich Bohnen und Brot oder Bohnen und Fleisch oder Brot und Fleisch oder Brot und Bohnen. Sonntags esse ich nichts. Und Du, Amanda, was machst Du, damit die Erinnerung gut wird?

[Postkarte, 05.04.1999]

Dienstag, 6. April 1999.
Rom. Testaccio. 6.00.

Als Landolfi aufwachte, lag er nicht mehr, wie zuvor noch im Traum, auf einer Metallliege in der Pathologie, sondern in seinem Bett. Anstelle eines Zettels mit seinem Sterbedatum hing ein schwarzer Socken an seinem linken Fuß. Hinter seiner Stirn machte sich ein Hornissenschwarm breit, stieß von innen immer wieder gegen die Schädeldecke. Das Brummen im Kopf wurde lauter, wenn er sich bewegte. Er angelte nach dem Telefon, versuchte dabei den Kopf gerade zu halten, stand mit Schwung auf, machte ein paar Schritte ans Fenster, eine Möwe landete auf dem Brunnenrand im Innenhof. Landolfi starrte den Vogel an. Er drückte die Wahlwiederholungstaste, aber auf dem Display erschien keine Nummer. Er hatte Claudia nicht angerufen, das hatte er wohl auch nur geträumt. Die Möwe schaute zu ihm herein. Landolfi sah an sich hinunter und legte eine Hand über sein Geschlecht, machte einen unvorsichtigen Schritt zur Seite, eine Batterie leerer Weinflaschen fiel um. Der Vogel flog auf.

Landolfi trat in den Aschenbecher, fluchte und humpelte zurück zum Bett. Als es an der Tür klingelte, öffnete er nicht. Er hörte etwas rascheln, es klopfte zweimal, dann Schritte, die sich entfernten.

Landolfi unternahm einen zweiten Versuch aufzustehen, diesmal auf der anderen Seite des Bettes, dort war der Boden leer und sehr sauber, als hätte jemand in der Nacht den ganzen Dreck auf die andere Seite gekehrt. Er schaffte es, ohne nach unten zu sehen, in die Küche, riss zwei Tütchen Aspirin plus C auf, löste sie in einem Glas Wasser, trank die sprudelnde Brühe, ging schließlich vor der Haustür in die Knie, nahm den Zettel vom Boden auf und hielt ihn am ausgestreckten Arm vor sich.

Das Blatt war leer. Er sah, dass Claudia den Stift mehrmals angesetzt hatte. Am linken oberen Rand hatte sich die Spitze in das Papier gebohrt, ein paar blaue Punkte, die Sonne schien hindurch.

Am Vortag hatte Claudia ihm die Fotos eines neuen Falls vorbeigebracht. Er hatte auch diese Tote so schnell wie möglich und nur äußerlich begutachtet. Und als ihn, wie seit mehr als einem Jahr nun schon, zuverlässig der Schwindel überkam, legte er seine Stirn auf den nackten Bauch der Frau, dicht oberhalb ihrer Scham, die Hände rechts und links seines Kopfes, fuhr mit den Fingerspitzen über die glatte Haut an Oberschenkel und Bauch, vorsichtig, das immer gleiche Rauschen in den Ohren. Und wie jedes Mal sah er sich von oben, wartete darauf, dass der Druck in seinem Kopf nachließe, aber Claudia kam ihm zuvor, die Türen der Laborräume waren nicht abgeschlossen.

Sie fand ihn so, mit geschlossenen Augen auf der Toten, in sich zusammengesunken. Landolfi hörte, wie ihr die Fotoabzüge aus der Hand fielen. Das feine, klare Geräusch, als das dünne Papier auf den Fliesen aufkam und weiterschlitterte. Er hob den Kopf, erkannte nur ihre Umrisse, auch ihr Gesicht war verzerrt. Claudia sammelte die Fotos auf, und bevor Landolfi wieder klar sehen konnte, war sie gegangen. Er deckte die Tote zu und schob sie in die Kühlung hinüber.

Eine Stunde lang saß er am Schreibtisch und überlegte, ob er Claudia anrufen sollte. Und als er am Abend schließlich bei ihr klingelte, warf sie den Schlüssel durch das Fenster hinunter, als wäre nichts passiert.

Sie trug den Kittel aus dem Fotolabor, stand in der Tür zur Dunkelkammer, blies ihm Rauch ins Gesicht, drückte die Zigarette nach wenigen Zügen aus und legte sie neben andere Kippen auf eine Untertasse, bevor sie zur Seite trat und Andrea Platz machte. »Bist du extra hinauf gelaufen, um den Schlüssel hinunterzuwerfen?« Claudia antwortete nicht, beugte sich über das niedrige Waschbecken, wusch Entwicklerdosen und Wannen aus, der harte Wasserstrahl krachte auf das Plastik. Es roch nach Chemikalien.

Claudia war sich nicht sicher, ob sie das, was sie am Morgen gesehen hatte, richtig verstand. Andreas Hände, noch immer dieselben Hände, mit denen er sie anfasste. Sie drehte, während Andrea in dem engen Raum ungeduldig hinter ihr stehen blieb, das kalte Wasser ab und das warme Wasser an, der Strahl war weniger hart, etwas stimmte mit den Leitungen nicht. Claudias Augen brannten. »Wie das wohl ist«, sagte sie laut, »wenn ich da liege, zur Hälfte geöffnet, gerade werden mir die Organe entnommen und gewogen, Nieren, Leber, Herz, und der Pathologe streicht mir zärtlich über den Oberschenkel … ist es das, was du willst, Andrea?« Claudia ließ die Plastikwanne auf den Boden fallen. Andrea zuckte zusammen. Claudia drängte sich an ihm vorbei und lief in die Küche hinauf, begann die Fotos von der Wäscheleine zu reißen und warf sie auf den Boden, trat achtlos darauf herum, während sie auch die Bilder von der Wand riß und fallen ließ. Andrea kam ihr nach. »Ich kann es dir erklären«, sagte er, »ich dachte, du kennst das. Deshalb hängen sie doch überall hier«, sagte er, und er hörte, wie lächerlich es klang. Claudia zog die letzten Bilder von der Leine, eines riss entzwei. »Was soll ich damit?« »Bei mir ist das anders. Die hier sind für dich, du kannst sie haben, hier«, Claudia hielt ihm das zerrissene Bild hin, »nimm sie mit. Alle!« »Nein.« »Jetzt nimm schon. Und dann geh endlich. Bitte.« »Ich ertrag sie nicht.« Andrea hob die Hand, Claudia wich ihm aus. »Andrea, ich habe gedacht ... ich ...«, sie stand still und holte Luft, bückte sich, hielt ihm ein anderes Bild hin, die Hälfte eines Frauengesichts, Stichverletzungen, Raubmord, er erinnerte sich. »Ich will diese Bilder nicht mehr sehen, und dich auch nicht.« Sie nahm ihm den Haustürschlüssel aus der Hand und ging die Treppe hinunter.

Andrea starrte auf die Fotos, die auf dem Küchenboden lagen. Er bückte sich nach einem – der Hals eines Mannes, Striemen, grau gelocktes Haar –, ließ es wieder fallen, es segelte zu Boden.

Er ging in den Verkaufsraum hinunter und hinaus. Claudia sperrte hinter ihm zu. Er stand vor der Tür und sah zu, wie sie das Licht löschte.

Landolfi hielt Claudias Brief in der Hand. Sah das, was sie beide nicht aussprechen konnten: die feinen Punkte im Papier, durch die das Licht schien. Er legte ihn behutsam auf das Kopfkissen.

Dann nahm er ein frisches Hemd aus dem Schrank, zog sich an und griff die Autoschlüssel. Im Innenhof drehte er sich einmal im Kreis und sah zu den Wohnungen ringsum auf. Das Haus strahlte in der Morgensonne, alles glänzte und war sauber poliert. Landolfi sammelte Spucke in seinem Mund. Das Aspirin brauchte immer eine halbe Stunde, bis es wirkte, eine halbe Stunde, eine halbe Stunde. Grußlos lief er am Pförtner vorbei, das Flügeltor stand weit offen, an der Straße parkte ein Umzugswagen, direkt vor seinem Auto, die Ladeklappe wurde gerade heruntergefahren. Landolfi versuchte erst gar nicht die Anzahl der Kisten zu schätzen und steckte den Autoschlüssel in die Hosentasche. Zu Fuß brauchte er mindestens eine Stunde bis zum Institut. Auf Höhe der Elefantenstatue an der Piazza Sempione war sein Blick plötzlich klar.

Am Abend traf er Mignoni im Volpe, der Staatsanwalt hatte ihn angerufen und auf einem Essen bestanden.

Der Kellner kam an den Tisch und zählte Weinsorten auf, er hielt die Flaschen gegen das Licht. Mignoni wählte aus, ließ die Gläser vollschenken, musterte Landolfi, bevor er zwei große Schlucke nahm. »Sie sehen ein wenig blass aus.« Landolfi hob das Glas in seine Richtung. »Danke«, sagte er, trank und schenkte sich sofort nach. Mignoni lachte. »Ich verstehe. Vielleicht brauchen Sie mal ein paar Tage Urlaub.« Der Kellner brachte zwei große Teller. Mignoni begann sofort zu essen. »Diese ganzen nackten Frauen immer«, sagte er, »das ist bestimmt nicht einfach.« Mignoni wedelte mit einem von Claudias Fotos vor Landolfis Nase herum und kaute dabei auf einem zähen Stück Fleisch, warf das Bild neben eine Zeitung auf das Tischtuch und steckte die Finger in den Mund. Das Foto war voller fettiger Abdrücke. Er zog ein Stück Knorpel zwischen den Zähnen hervor und legte es auf den Tellerrand, spuckte in die Serviette, knüllte sie auf dem Schoß zusammen. Landolfi wusste darauf nichts zu antworten, trank Wein. »Deswegen haben Sie mich aber nicht herbestellt«, sagte er, und Mignoni schüttelte den Kopf. »Sie wissen, dass ich Ihre Arbeit schätze.« Landolfi kippte Olivenöl auf eine Scheibe Weißbrot, salzte es und biss hinein, während Mignoni schon wieder nach dem Kellner winkte, Landolfis Glas dabei umstieß. Landolfi steckte das Foto in die Innentasche seines Jacketts, er wollte es nicht mehr sehen. Er merkte ein Zittern in den Knien, als dumpf die Wut auf Claudia in ihm aufstieg. Landolfi räusperte sich. »Ich verstehe nicht«, sagte er, stellte sein Glas wieder auf und hielt die Hand darüber, als der Kellner nachschenken wollte. »Trinken Sie«, sagte der Staatsanwalt, »und machen Sie einfach so weiter wie bisher.« Landolfi sah auf und versuchte ein Grinsen, das zu schief geriet. Er tunkte ein zweites Stück Brot in das Olivenöl auf dem Teller, auch seine Hand zitterte. Mignoni beugte sich über den Tisch zu ihm hinüber. »Sie verstehen, was ich meine?« Landolfi nickte. Der Gastraum war so dunkel, dass nur die Kerzen und weißen Servietten hervorleuchteten. Auf den Tellern vor ihnen stapelten sich die Knochen eines Rebhuhns, die jetzt in einer Rotweinlache schwammen. Mignoni griff nach der Zeitung, stieß den Stuhl um, als er sich schwungvoll erhob. »Wir setzen uns an die Bar, diese Schweinerei hier …«, er deutete auf den Tisch, ohne den Satz zu beenden.

Landolfi folgte ihm, bestellte zwei Grappa und kippte den ersten im Stehen, bevor er sich neben den Staatsanwalt setzte. »Haben Sie das letztes Jahr mitbekommen?« Mignoni faltete die Daily News auseinander, stieß den Finger auf eine kurze Notiz, klappte sie wieder zusammen, ohne sie ihm zu zeigen. »Waren Sie schon einmal in Amerika?« Beim nächsten Grappa verschwand das Zittern in Landolfis Knien, er schüttelte den Kopf. »Das Land der unbegrenzten Möglichkeiten.« Beim vierten Grappa auch die Wut. Landolfi sah zu, wie Mignoni den Mund öffnete und schloss, seine Hände wischten durch die Luft und nur knapp an den Köpfen der anderen Gäste vorbei. »Ein Junge nimmt den Baseballschläger. Vater, Mutter, Schwester. Was für eine Sauerei. Aber das Interessante daran –, hören Sie mir überhaupt zu?« Landolfi bemühte sich, nickte. Mignoni grinste: »Er sagt: Lass es uns tun. Und die ältere Schwester schweigt. Das nimmt er als Zustimmung. Ist sie deshalb auch schuldig?« Landolfi hatte den Anfang der Geschichte schon wieder vergessen. »Sie schweigen ebenfalls, das ist gut«, der Staatsanwalt lachte, »Sie bekommen zwei Wochen frei, wir nennen das Urlaub.« Landolfi war zu betrunken, um zu protestieren. Irgendwann saßen sie stumm nebeneinander und Landolfi konnte sein Gesicht im Spiegel hinter der Bar nicht mehr fixieren. Die Gläser waren im Weg, die Flaschen, die Kellner, die mit geöffneten Hemdknöpfen an der verchromten Arbeitsfläche lehnten und sie beobachteten.

Mittwoch, 7. April 1999.
Rom. Testaccio. 12:00

Als Andrea am nächsten Mittag aufstand, war Claudias Brief eingerissen. In der Nacht hatte er sich mit dem Kopf auf das Papier gelegt. Ohne das Gefühl dafür, wie viel Zeit vergangen war und wie viel noch bis zum Morgen blieb, hatte ihn die Unruhe überfallen, dass er jetzt sofort aufspringen und hinausrennen müsse, weil sonst das Haus über ihm zusammenstürzen würde. Die Zimmerdecke hatte sich bedrohlich gesenkt. Irgendwann Dämmerlicht. Ein dünnes Tuch aus Schlaf.

Andrea glättete den Bogen mit der Handfläche, nahm einen Stift und verband die Punkte miteinander, starrte auf das Bild, versuchte, etwas darin zu erkennen. »Morgen in der Schlacht denk an mich«, sagte er und schob den Brief unter einen Stapel Hemden. Er hatte tatsächlich frei, Mignoni hatte darauf bestanden. Andrea wusste schon jetzt nichts mit sich anzufangen. Automatisch drückte er die Kurzwahltaste mit der Telefonnummer von Claudias Fotostudio, aber noch vor dem Freizeichen legte er auf und warf das Telefon auf das Bett, als ertappe er sich bei etwas von jetzt an Verbotenem. Dann wählte er die Nummer des Tätowier-Studios und vereinbarte einen Termin. Claudias Sternzeichen war eines von den zweien, die noch fehlten.

Freitag, 7. Mai 1999.
Rom. Piramide.16:00.

An der Porta Portese schoben die Fahrradhändler ihre Waren zusammen, ein paar Fahrgäste warteten an der Haltestelle auf den 40er. Die Folie um Landolfis Arm spannte, als er in den Bus stieg und sich an der Stange über seinem Kopf festhielt. Einen Monat und vier Sitzungen später war das letzte Bild an der Innenseite seines Oberarms endlich fertig: Virgo. Acht Leberflecke, bereits seit seiner Geburt auf der Haut, wurden durch schwarze, nie mehr abwaschbare Linien verbunden und verschwanden in den Konturen des Körpers und des Gesichts, das Claudias Züge trug. Immer öfter in den letzten Wochen stellte Landolfi sich sein eigenes Gerippe auf Fäden gezogen vor, wie es von der Decke im Anatomischen Institut hing und im Luftzug schaukelte, wenn die Studenten ein und aus gingen. Er stieg an der Endhaltestelle Piramide aus und lief einmal um den Friedhof herum. Der Eingang lag auf der anderen Seite.

Zur selben Zeit setzte Claudia sich ohne Fahrkarte in den 32er, der mit nur zwei Zwischenhalten nach Termini fuhr. Der Bus passierte die Porta Portese, fuhr durch das Stadttor an der Pyramide und hielt vor dem halbrunden Flachbau mit Zugang zur Metro, vor dem in drei Reihen die Scooter parkten, immer kurz davor umzufallen. Der Zug nach Ostia lief gerade in den Bahnhof ein.

Claudia war in diesem Jahr noch nicht am Meer gewesen. Heute war ihre Tochter bis zum Abend im Kindergarten, und Claudia hatte das Fotolabor geschlossen. Sie stieg mit einer Gruppe anderer Fahrgäste aus, lief über den Zebrastreifen, passierte die Drehkreuze in der Station und ging die Treppen zum Gleis hinunter. Der Zug war voller Schüler mit Sporttaschen und Handtüchern über der Schulter, Claudia blieb im Gang stehen. Endlich draußen am Wasser, die Füße im Sand, kam ihr das Meer flach und geradezu zahm vor. Schlammige Wellen verliefen sich zwischen ihren Füßen, alle paar hundert Meter tauchte ein Abwasserrohr aus dem Sand auf und verschwand mit der Schnauze unter der Wasseroberfläche.

In einem Hotelrestaurant aß sie Magheriten, mit Scampipaste gefüllte Nudeln in Blumenform, die Spezialität des Hauses. Sie war der einzige Gast. Die Kellnerin brachte das Essen auf einem Rollwagen, den sie durch den großen leeren Tanzsaal schob. Das Parkett knarzte. Die Flasche Wein ließ sie unangetastet neben dem zweiten Teller stehen, neben dem zweiten Glas, dem zweiten, in eine Serviette eingerollten Besteck. Durch das Panoramafenster sah sie über den Strand zum Wasser. Ein Hund trottete vorbei, blickte zu ihr hinüber. Die zusammengeklappten Schirme standen für die Saisoneröffnung bereit. Sie zahlte, legte sich auf eine der Sonnenliegen, tastete nach dem Handy in der Jackentasche. Es war Mai, Claudia hatte die Totenbilder in Kartons verpackt und im Schrank verwahrt. Sie hatte sich an die leere Küche gewöhnt, nichts fehlte. Trotzdem wartete sie an Tagen wie heute, aber Andrea rief nicht an.

Im Schatten der Pyramide dösten die Katzen, die Fütterungszeit der Auffangstation war gerade vorüber, in zwei Stunden schloss der Friedhof. Landolfi setzte sich auf eine Bank zwischen die Gräber, legte das Mobiltelefon neben sich, war müde. Der Grabengel gegenüber lächelte ihm zu. Das Gesicht des Toten vom Vormittag schob sich über das Steingesicht, ein bärtiger Mann mit einem Muttermal auf der Stirn, die Flügel des Engels waren mit Moos überzogen. Landolfi blinzelte. Seit einem Monat, seit dem Abendessen mit Mignoni, seit der Trennung von Claudia, nahm er das Skalpell überhaupt nicht mehr in die Hand. Er schrieb die Berichte und hielt Distanz zu den Toten. Nach den Ferien würde er ganz zurück an die Uni gehen, zurück zu den Vorlesungen und Seminaren, einfachen Aufgaben, regelmäßigen freien Tagen, keine Leichen mehr. Landolfi hielt seinen schmerzenden Oberarm fest, sah auf die Datumsanzeige des Handys. Es war der siebte Mai 1999. Alles um ihn herum blühte. Er dachte an Claudia, aber Claudia rief nicht an.

In Landolfis Büro im Anatomischen Institut nahm Carla Serrati dem UPS-Boten das braune Paket aus der Hand und schlug lächelnd die Tür zu. Sie legte es auf den Schreibtisch, neben den Stapel ungeöffneter Briefe der letzten Tage, griff unter den Tisch, zog einen Schuhkarton hervor und wickelte ein paar Sandalen mit hohen Absätzen aus dem Schutzpapier, die sie sich am Mittag aus Übermut und Langeweile gekauft hatte. Die Ferien zwischen den Trimestern hatten begonnen, das Institut war bis auf die wenigen Examensstudenten in der Bibliothek leer. Carla lief vorsichtig auf den ungewohnt hohen Schuhen ans Fenster, öffnete es und lehnte sich hinaus.

Die Stadt war staubig, im Centro storico voller Touristen. Möwen kreisten über den Dächern. Die meisten Studenten waren nach Hause gefahren, zurück in die Dörfer, aus denen sie kamen, um dort mit dem Scooter im Kreis zu fahren, bis sie alle Gesichter zehnmal gesehen hatten, mit jedem zwei Sätze gewechselt hatten, die elfte Runde, die zwölfte Runde und immer so weiter. Carla kam aus Rom. Ihre Eltern lebten in einem Neubaugebiet westlich des Tibers, zweimal in der Woche aß sie mit ihnen zu Abend. Ihr Vater kochte hervorragend. Ihre Mutter portionierte die Teller, musterte erst Carlas Hintern und später jede Extraportion.

Carlas Fußknöchel begannen zu schmerzen. Sie zog die Schuhe aus, griff nach dem Paket und wendete es hin und her, löste schließlich die Klebestreifen, öffnete die Klappe und nahm das verplombte Glas aus der Luftpolsterfolie. Ein Zettel fiel heraus, 04.98. Sie hob das Glas hoch und hielt es gegen den Abendhimmel, so dass sich die Sonnenstrahlen in der trägen Flüssigkeit brachen. Das Herz, das darin schwamm, war seltsam verformt. Das Licht gerann zu gelben Tropfen. Als das Telefon klingelte, griff sie nach dem Hörer, ohne das Glas abzusetzen.

»Ja?«, sagte sie. Der Staatsanwalt räusperte sich. »Guten Abend, ich würde gerne –« »Herr Landolfi ist gerade …« »… ist nicht da, das habe ich mir schon gedacht. Ich wollte nur wissen, ob mein Geschenk angekommen ist.« Carla drehte das Glas hin und her, klemmte den Hörer zwischen Kinn und Schulter, hielt mit beiden Händen das Herz fest und sah sich die wulstige Ausbuchtung zwischen den zwei Muskelsträngen an. »Ja. Es ist gerade vorbeigebracht worden.« »Gefällt es Ihnen?« »Ich weiß nicht.« Carla stellte das Glas auf die Fensterbank. »Es ist etwas Besonderes. Es hat einen Knochen.« »Ich verstehe.« Der Staatsanwalt lachte. »Das ist wohl nichts für Sie.«

Es war dunkel im Zimmer geworden. Carla tastete nach dem Lichtschalter, schlüpfte zurück in die Ballerinas, griff ihre Tasche und beeilte sich, das Büro zu verlassen. An der Tür drehte sie sich noch einmal um, ging zurück und stellte, bevor sie das Licht löschte, das Herz in die Mitte von Landolfis Schreibtisch.

Freitag, 7. Mai 1999.
Carnation City.

Carnation City News: Amanda B. vorzeitig für mündig erklärt. – Knapp ein Jahr nach der Tat wurde Billy Edward Jr. B. des Mordes an seinen Eltern und seiner jüngsten Schwester für schuldig befunden, während die ältere Schwester, Amanda B., deren Unschuld als erwiesen gilt, sich gestern von einem Zivilgericht vorzeitig für mündig erklären ließ.

Mittwoch, 5. Oktober 1999.
Rom.19:45.

Der Schmetterling zuckte noch mit den Flügeln, das dünne Spinnennetz verklebte ihm die Beine und Fühler. Feine durchsichtige Schuppen rieselten in Landolfis Handfläche. Die Spinne war nirgendwo zu sehen. Landolfi klingelte, der Summer antwortete sofort, als hätte Marie im vierten Stock hinter der Wohnungstür gewartet. Er war eine halbe Stunde zu spät, aber es gab keinen Grund mehr zur Eile. Sein Büro im Anatomischen Institut der Universität war wieder eingerichtet. Und bereits fünf Monate nach ihrem Kennenlernen hatte Marie entschieden, dass sie zusammenziehen müssten, hatte eine gemeinsame Wohnung gesucht und gefunden, hatte von nichts anderem mehr geredet.

In der Wohnung roch es nach Kartoffeln, nach angebratenem Fleisch und frischer Farbe. Die Umzugskartons standen flach gefaltet an der Wand. Büro, las Landolfi, Bücher, Geschirr, Schuhe, dabei besaß er nur vier Paar. Marie hatte alles ausgepackt und in die Schränke sortiert. Nachdem sie mit ihm und der Maklerin durch die leeren Räume gestrichen war und das Parkett ihre Schritte so hohl hatte klingen lassen, dass Landolfi unwillkürlich auf Zehenspitzen lief, hatte sie Skizzen der Wohnung gezeichnet und darauf markiert, welches Möbelstück an welchen Platz gehörte.

Marie stand in der Küche am Herd und briet Fleisch an. Landolfi legte eine Hand auf ihren Po. Marie drehte den

Kopf, während sie das Fleisch wendete. Ein paar unsichtbare Flügelschuppen blieben an ihrem Rock kleben. »Beeil dich. Ich kann das nicht warm halten. Es wird zäh«, sagte sie, als das Handy in Landolfis Hosentasche vibrierte. Landolfi ging ins Bad und schloss die Tür ab, bevor er Mignonis Anruf annahm. »Herzlichen Dank, ich habe Ihren Bericht erhalten«, sagte der Staatsanwalt. »Ja«, sagte Landolfi. »Verstehen Sie mich nicht falsch, Andrea, aber ich würde Sie gerne weiterhin in Anspruch nehmen, wenn einmal jemand …« – »Schon gut.« Landolfi seufzte, setzte sich auf den Klodeckel, er kannte Mignonis Sätze auswendig.

Manchmal half Landolfi noch mit seiner Unterschrift unter bereits fertig geschriebenen Berichten aus. Manchmal setzte er sich noch neben die Toten und betrachtete sie lange, bevor er sie zurück in ihr Fach schob. Manchmal verstand er jetzt, was Claudia damit gemeint hatte, dass der Anblick der toten Gesichter sie beruhige. Für ihn war es immer das Gegenteil gewesen. Er hatte Claudia seit mehr als einem halben Jahr nicht gesehen. Ab und zu, und eher durch Zufall lief er an ihrem Studio vorbei, auf dem Weg zum Café gegenüber von Maries Laden. Einmal hatte er ihre Nummer gewählt, ohne den grünen Knopf zu drücken, der die Verbindung herstellen würde, und die Zahlenfolge war nach ein paar Sekunden vom Display verschwunden.

Maries Zahnbürste lag auf dem Waschbeckenrand. Er rieb die Borsten zwischen Daumen und Zeigefinger, trockene Zahnpastareste lösten sich und krümelten ins Becken. Marie war ihm einfach so passiert. Sie hatte ihn auf irgendeiner Party, auf die er auf der Suche nach Ablenkung und Alkohol gegangen war, an der Hand genommen und seitdem nicht mehr losgelassen. Landolfi hatte versucht zu lächeln und zu nicken und zufrieden zu sein. Er stand auf und starrte in den Spiegel. Marie rief nach ihm. Landolfi schaltete das Mobiltelefon aus, wischte mit einer schnellen Handbewegung das Brett unter dem Spiegel leer, Zahnbürsten, Nassrasierer, Make-up-Tuben, Cremetiegel, alles fiel ins Waschbecken, Glas brach, Landolfi trat auf die Scherben und ging zurück in die Küche.

Nach dem Abendessen schob er Marie in den Flur. Sie wehrte sich kurz, hielt seine Hände fest, wollte sich umdrehen, aber Andrea war stärker, presste sie gegen die Umzugskartons, sie ließ sich den Rock hochziehen, Andrea hielt mit einer Hand ihren Hinterkopf fest und drückte ihre Stirn gegen die Wand, mit der anderen griff er nach ihrer Taille, stellte sich vor, wie tief er in sie hineinreichte und kam, hart und schnell. Marie presste ihre Handflächen gegen die Wand, drehte den Kopf, lächelte schwach.

Landolfi hielt sie fest, wartete einige Sekunden, bevor er sie hochnahm und ins Bett trug. Sie schlief ein, noch bevor er sie zugedeckt hatte, die Knie angezogen, die Arme unter dem Kopf zusammengelegt, wie ein Kind. Es war schon jetzt alles so wie immer, viel zu schnell.

2009

Sonntag, 5. April 2009.
Rom. Via St. Lucia. 17:10.

Als sie das Messer aus meinem Hals zog, meinen Kopf auf das Laken bettete, aufstand und aus dem Zimmer ging, verließ in den Bergen östlich von Rom ein Fuchs seinen Bau und wechselte über die Reviergrenze. Er hob die Schnauze in den Wind, nahm Witterung auf und überquerte den schmalen Saumpfad, der sich in Kurven über die Hochebene ins nächste Tal hinab wand. In der Ferne ballten sich Wolken zusammen, wo die Ausläufer der Stadt nach den unteren Wiesen griffen, ohne die Bäume am Rand zu erreichen. Der Fuchs blieb stehen und drehte den Kopf. Der schwarze Fellstreifen, der sich über seinen Rücken bis zum Steiß zog, glättete sich. Dann senkte er den Kopf und verschwand im Wald.

Sie hatte mein Kleid und die Lederjacke angezogen, kam aus dem Bad und ging den Flur ihrer Wohnung hinunter. Zwei Kinder mit Palmkätzchen in der Hand rannten am Haus vorbei. Sie wartete, dann trat sie hinaus, sah nach rechts und links, zog die Haustür hinter sich zu und machte sich mit meinem Pass und dem Schlüssel in der einen Jackentasche, mit dem Messer, das sie in das Toys'r'us-T-Shirt gewickelt hatte, in der anderen Jackentasche auf den Weg in meine Wohnung südwestlich des Centro. Die Sonne stand bereits dicht über den Hausdächern. In den Vorgärten mähte jemand Rasen. Der Lebensmittelhändler an der nächsten Straßenecke schloss gerade die Läden auf, sortierte Kisten mit Orangen, Artischocken, Tomaten. Ihre Beine waren, trotz des Windes, nackt. Sie hielt sich die Jacke zu, warf zwei Straßen weiter das T-Shirt mit dem Messer zu den aufgestapelten Mülltüten am Fahrbahnrand, besann sich anders, sammelte es auf und schob es zurück unter die Jacke. In meinem Körper sank die Temperatur, zuerst im Gesicht, dann in den Händen und Füßen. Du würdest sagen, Billy, dass ich schön aussah dabei. Ab jetzt kannst Du ihr folgen, die Straße hinunter und in die Metrostation hinab. Wind wehte ihr aus dem offenen Tunnel entgegen, eine Maus verzog sich unter die Schienen. Werbung für Babynahrung, Kaugummis, Telefonanbieter flimmerte auf den Bildschirmen über dem Gleis, noch während der blaue Zug einfuhr. Und als die Türen sich hinter ihr schlossen, in dem langen Moment, bevor die Bahn anruckte und in den Tunnel fuhr, hatte sie das Gefühl, von jetzt an allen zu gehören.

Auf der anderen Seite der Tunnelwände die aufgereihten Knochen und Schädel in den Katakomben. Die Bahn stieg empor und fuhr oberirdisch an den Wohnblöcken des äußeren Rings vorbei, Büsche und Mauerreste am Bahndamm. Vor der nächsten Station tauchte der Zug wieder unter die Stadt.

Weit im Südosten schwang sich ein Krähenpärchen von einem kahlen Ast in die Luft, taumelte kurz gegeneinander, glitt dann mit schnellen Flügelschlägen über die Außenbezirke, dorthin, von wo sie gekommen war, wo die Stadt ausfranste und grün wurde, flog über mich hinweg und weiter, Richtung Meer. Ein feiner Regen setzte ein, der die Straßen glänzend machte, wie frisch lackiert. Auf dem Flughafen Ciampino landeten in kurzem Abstand zwei Maschinen derselben Airline. Ein Gepäckstück wurde als vermisst angegeben. Ein Passagier hatte seinen Flug verpasst und wartete am Check-in. Der Tower registrierte Windstärke 4 aus nordöstlicher Richtung, erteilte trotz des Gewitters über dem Meer Starterlaubnis, eine einmotorige Cessna Skycatcher erhob sich auf der äußeren Seitenbahn in die Luft, kurz winkte der Pilot den verspiegelten Towerfenstern zu, tauchte dann in die tiefhängende Wolkendecke ein.

Und während sie die Bahn-Stationen abzählte, glitt in der Stadt über ihr der Tag ins Dunkel hinüber. Ihre Hände stießen an fremde Rücken und Arme. Sie griff nach der Haltestange über ihrem Kopf. Ein junger Mann mit Aknenarben stellte sich dicht neben sie. Sie drehte den Kopf, als könnte sie sich an der fremden Haut schmutzig machen, wusste nicht, wohin den Blick wenden. Immer mehr Leute stiegen zu. Sie atmete flach. Sie roch die Körper der anderen. Das Menstruationsblut der Frau vor ihr. Das Mittagessen des Jungen daneben, wie die Säuren in seinem Magen das Kalbfleisch zersetzten, wie sich auf den nackten Unterarmen der Frau rechts von ihr Schweiß und Parfum mit Straßenstaub und Blütenpollen mischten.

Als die Bahn im südwestlichen Teil der Stadt hielt und zischend die Türen öffnete, ließ sie sich hinausdrängen und durch die Drehkreuze bis zum Ausgang schieben, hinein in die feuchtwarme Aprilluft. An der Treppe zur Metro saßen Jugendliche und rauchten. Eine Katze hockte vor überquellenden Mülltonnen. Die Bar im Erdgeschoss des Hauses, in dem meine Wohnung lag, war geschlossen. Ab jetzt sind die letzten sechsundzwanzig Jahre gleichgültig, Billy, ab jetzt nimmt sie meinen Platz ein. Zurück bleiben nur ein paar Bilder. Sie und ich, nebeneinander liegend, bevor sie das Messer nimmt. Du und ich, am Morgen bevor Dad dir den Handschuh das erste Mal am Handgelenk festklebte.

Sie lief die Treppe hinauf, suchte nach dem Schlüssel, ertastete das T-Shirt mit dem Messer, stolperte, schrammte sich die Handfläche an der Wand auf und blieb stehen, während es still wurde in mir, meine Finger sich, wie von selbst, zu Fäusten schlossen.

Die Sonne, aufgegangen um sechs Uhr, würde um zwanzig Uhr und acht Minuten über dem Meer versinken, das wir beide nicht sahen.

Im Wald setzte der Fuchs die Pfoten auf den weichen Nadelboden, ohne ein Geräusch.

Sonntag, 5. April 2009.
Rom. Via Sannino. 17:00.

Im Anatomischen Institut der Universität sprang der Zeituhrschalter um. Die Neonröhren im hinteren Trakt flackerten, summten und gingen an. Andrea Landolfi stand am Fenster und rührte in seinem kalt gewordenen amerikanischen Kaffee, blickte einen Moment zur Deckenbeleuchtung, dann wieder in die Tasse, trank einen Schluck, verfolgte, wie die Flüssigkeit durch die Speiseröhre glitt, im Magen ankam. Landolfi hatte beschlossen, die Vorlesung ausfallen zu lassen. Er erschien einfach nicht und stellte sich jetzt, den Kopf weit aus dem Fenster gestreckt, das Halbrund des Hörsaals vor, das Summen des eingeschalteten Mikrophons, das von Lautsprechern in allen vier Ecken des Raumes übertragen wurde. Erleichtert würden die wenigen Studenten, die freiwillig zur Prüfungsvorbereitung an einem Sonntagabend gekommen waren, den Saal verlassen. Landolfi fuhr sich mit der Hand über das Gesicht.

Ein paar Ruinenstümpfe kratzten an den tiefhängenden Wolken. Ein Taxi hielt vor der Schranke im Innenhof. Landolfi schloss das Fenster und lief den Flur hinunter, schob im Gehen die Ärmel über die Bilder auf seiner Haut, knöpfte die Manschetten zu, passierte den ersten Raum der Anatomischen Sammlung, durchquerte auch das zweite Zimmer mit den Formalinbehältern, in denen die Organe in grünlicher Flüssigkeit schwammen. Leber, Nieren, Eierstöcke, das Herz mit der Verdickung zwischen den Kammern, daneben zwei verschiedenfarbige Augen, ein zusammengekrümmter Embryo mit langem Wurmfortsatz, der dem Schwanz eines Reptils glich. Als Landolfi die Tür zum Innenhof öffnete, schlug im Gebäude hinter ihm ein Fenster zu. Der Taxifahrer stieg aus und hielt ihm die Wagentür auf. Der Pförtner grüßte, als sie das Tor passierten.

Die abgedunkelten Scheiben täuschten ein tiefes Abendrot vor, das sich in Wahrheit als helles Rosa unter das Grau mischte. Als sie die Straße zum äußeren Ring erreichten, zog Landolfi das Mobiltelefon aus der Hosentasche, um Marie anzurufen und ihr zu sagen, dass es spät werden würde. Er war zu einer Kollegin aus dem Institut eingeladen. Er konnte Geburtstagspartys nicht ausstehen. Obendrein würde Claudia vermutlich dort sein. Aber er hatte auch keine Lust, einfach so und früher als sonst nach Hause zu fahren. An der Ampel stützte sich eine Fahrradfahrerin mit der Hand auf dem Autodach ab. Landolfi sah die schimmernden Knie. Die Frau trug Stiefel, ein kurzes Kleid. Der Taxifahrer ließ den Wagen vorrollen. Landolfi versuchte, das Gesicht der Fahrradfahrerin zu sehen, aber der Wagen fuhr an und bog vor der Brücke nach rechts ab, und die Frau überquerte den Tiber.

Als Landolfi Maries Telefonnummer wählte und auf das Besetztzeichen lauschte, wusch sich Nara Campieri im fünften Stock des Mehrfamilienhauses an der Via degli Schiavoni Ecke Via St. Lucia die Haare unter dem Wasserhahn des Waschbeckens. In der Küche lief leise der Fernseher. Die Frau im Tele-Shop hielt Goldarmbänder in die Kamera, danach folgte das Wetter für Lazio. In der Wohnung unter ihr schrie ein Kind. Nebenan saugte die Nachbarin Staub. In drei Stunden kamen Naras Eltern. Der Ofen musste vorgeheizt, Tomaten gehäutet, Zwiebeln geschält werden. Sie band die Olivenzweige von der Palmprozession am Morgen zusammen und hängte sie an das Kruzifix über dem Fernseher.

Pünktlich um fünf erklang die Melodie des Telegiornale und übertönte den Schrei, den Nara Campieri für einen Moment von draußen zu hören glaubte. Er war zu kurz, als dass sie den Laut einem Menschen oder einem Tier zuordnen konnte. Zu lang, als dass er sich nicht in ihr Gedächtnis eingegraben hätte. Ein Ton, der in der Erinnerung mehrere Sekunden lang nachklang. Sie warf die Tomaten in das heiße Wasser. Unten am Haus rannten zwei Kinder vorbei. Ein kurzer Moment von Sonntagsstille. Dann setzte das Rauschen der Autos wieder ein.

Eine halbe Stunde hatte Diman da bereits im Schatten des Wohnblocks gewartet. Er hatte die blonde junge Frau ins Haus gegenüber gehen sehen, war weitergegangen, hatte sich in den Eingang des Blocks gestellt und das Haus beobachtet. Als sie eine halbe Stunde später die Tür öffnete, nach rechts und links sah, erkannte er sie nicht wieder. Der Wind fuhr unter den Saum des weißen Kleides, als sie die Straßenseite wechselte, ohne sich umzusehen. Kurz erhaschte er einen Blick auf ihre Unterhose, bevor sie um die Ecke bog und hinter einem der Wohnblöcke verschwand.

Diman lief hinüber. Er klingelte, niemand öffnete. Er klingelte noch einmal, drückte prüfend mit der Hand gegen die Tür und ging schließlich um das Haus herum. Alle Zimmer lagen ebenerdig, das Dach war nicht ausgebaut, auf der Rückseite bröckelten Steine aus der niedrigen Mauer, die den Rasen mit den drei Zitronenbäumen vom Nachbargrundstück trennte. Diman sah sich um, bückte sich nach einem Stein und warf das Fenster zum Schlafzimmer ein. Er duckte sich. Als niemand vor die Tür trat und auch die Nachbarhäuser still blieben, griff er vorsichtig durch die zersplitterte Scheibe, öffnete das Fenster und kletterte hinein.

Die Wand war rot gesprenkelt, das Laken dunkel gefleckt und voller Glasscherben. Diman schrie auf, rappelte sich vom Bett hoch, schlug das Kreuz, einmal, zweimal, sprang über die Tote hinüber, trat in Blut, lief aus dem Zimmer in die gegenüberliegende Küche, seine Turnschuhe hinterließen schmierige Abdrücke auf dem Boden. Er hielt die Luft an, bis er seinen Herzschlag schmerzhaft unter den Rippen spürte, den Druck in der Lunge, hielt weiter die Luft an, immer weiter, traute sich nicht, sich umzudrehen, atmete aus, drehte sich doch um und sah seine Fußabdrücke nicht. Das Gesicht der Toten hatte sich sekundenschnell in seine Netzhaut gebrannt. Er kannte die Frau nicht. Ein Bekannter hatte ihm eine SMS geschickt, dass das Haus tagsüber oft leer und dass dort vielleicht was zu holen sei. Er drehte den Wasserhahn auf und wusch das Blut von den Händen, zog sein Handy hervor, wählte die Nummer der Polizei, löschte die Zahlenfolge, wählte noch einmal, Dieses Mal die Ambulanz, presste das Telefon ans Ohr, legte auf, noch während die automatische Ansagefrau sein Guthaben und die Aufladekonditionen nannte, sah sich hektisch um, öffnete mit einem Küchentuch ein paar Schubladen. Besteck, Handtücher, Gewürze in kleinen Plastikbeutelchen. Bevor er noch einmal über die Tote hinweg und zurück durch das

Fenster stieg, nahm er das Geld und das Handy, beides lag auf dem Nachttisch. Dann zog er die Decke hoch und deckte die Tote zu. Beim Hinausklettern griff er tief in die Glassplitter auf der Fensterbank.

Sonntag, 5. April 2009.
Rom. Trastevere. 19:30.

Als sie die Tür aufschloss und in die Wohnung trat, hatte der Fuchs das nächste Tal erreicht, schlug einen Bogen um die Häuser, an der alten Wasserleitung entlang. Er ließ sich im Schutz der Mauer nieder, bereit, jederzeit aufzuspringen. Durch das zerschlagene Fenster fuhr Wind über mich hinweg, trug Regentropfen hinein und die letzte ausgeatmete Luft hinaus. Der Fuchs hob den Kopf. Stille, die sich um mich zusammenzog, sich entspannte, zusammenzog, meinen Puls ersetzte. Der Fuchs lauschte. Hörte, wie sich tief unter ihm die Afrikanische Platte immer weiter unter die Eurasische schob. Ein schwaches Zittern lief durch das Gestein, breitete sich aus, verlor sich wieder in den untersten Schichten.

Sie schaltete das Licht an und ging den Flur hinunter. In der Küche roch es nach frischgemahlenem Caffè, mein benutztes Glas stand noch in der Spüle, Zucker klebte am Rand. Sie öffnete die Schranktüren im Schlafzimmer, hockte sich hin und spähte unter das Bett, riss im Badezimmer den Duschvorhang zur Seite, aber die Wohnung war leer, so, wie ich gesagt hatte. Auf dem Fensterbrett saß eine Taube und starrte hinein. Die Krallen des Vogels schabten über das Brett, er ruckte den Kopf hin und her. Sie verscheuchte das Tier und zog die Gardinen vor das Fenster, öffnete den Reißverschluss des Kleides, schlüpfte aus den Ärmeln, ließ den Stoff über die Hüften fallen, streifte die Unterhose ab, stellte die Schuhe unter die Heizung am Fenster. Dann stopfte sie unser Toys'r'us-T-Shirt mit der restlichen Kleidung in die Waschmaschine, füllte Waschmittel ein, programmierte den Kochwaschgang und drückte auf Start. Gurgelnd sog die Maschine Wasser durch den Schlauch. Sie wickelte das Messer in ein Küchentuch, ging ins Schlafzimmer, legte sich in mein ungemachtes Bett und schlief, als sich die Müdigkeit, die ich zwischen den Laken zurückgelassen hatte, auf sie legte, binnen weniger Minuten ein. Für eine Weile lagen wir in derselben Position: auf dem Rücken, den Hals über das Kissen gebogen, den Hinterkopf auf dem Laken, die Innenseite der Arme nach oben gedreht, ein Bein angewinkelt und zur Seite gekippt.

Sonntag, 5. April 2009.
Rom. 23:58.

Marie lag auf der Seite, als Landolfi kurz vor Mitternacht die Wohnungstür aufschloss. Im Schlafzimmer war es sehr warm, obwohl das Fenster weit geöffnet war. Die Nachtkühle schien an der Luft, die im Zimmer stand, einfach abzuprallen. Sie wusste, dass Landolfi ihren Rücken betrachtete, während er sich über sie beugte und schnell ihre Schulterblätter, die Linie der Wirbelsäule mit zwei Fingern nachzog bis dorthin, wo der Rücken in den Po überging.

Er lief ins Bad, putzte sich im Dunkeln die Zähne, ließ seine Kleider im Flur liegen, stolperte kurz über die Schuhe, fluchte, trat im Lichtschein, den die Straßenlaterne ins Zimmer warf, zurück ans Bett und ließ sich neben seiner Frau auf den Rücken fallen. Sie drehte sich um. Landolfi musterte ihr Gesicht, suchte darin nach etwas, was ihm fremd war, was er über das, was er sah, hinaus begehrte, aber da war nichts.

»Wo warst du?«, fragte sie leise. Landolfi schüttelte den Kopf. »Nirgendwo. Ich hab gearbeitet und die Zeit vergessen. Alles ist gut.« Seine Stimme so dicht an ihrer Wange, dass sie die Feuchtigkeit seines Atems spürte, den Alkohol, während er sich auf sie legte und schnell in sie hineinglitt. Er hätte gerne, dass sie etwas sagte dabei oder wenigstens danach. Aber sie schwieg, klammerte ihre kurzen Fingernägel in seine Haut, hielt die Luft an, als er kam und schlief sofort danach ein.

Kurz blieb er auf ihr liegen, vergrub seine Nase an ihrem Hals, rollte von ihr runter und wartete. Meist schlief sie nur für wenige Minuten, dafür aber so tief, als fiele sie ins Koma. Ihre Achsel spannte sich, der Kopf lag träge auf dem weißen Unterarm, ihre Brüste waren klein und weich, als wären sie jünger als die wenigen zweiunddreißig Jahre. Er hätte gerne geraucht, ließ es Marie zuliebe aber bleiben.

Stattdessen versuchte er sich an Claudia zu erinnern. Auf dem Fest war er ihr, bei der Suche nach einer Flasche Wein, direkt in die Arme gelaufen. Claudia stand in der Küche, hörte mit abwesendem Blick dem Gespräch des Pärchens neben ihr zu, eine Filterlose im Mundwinkel, so wie früher, sah erstaunt auf, als er vor ihr stand, war weder erfreut noch verärgert darüber, ihn zu sehen. »Andrea«, sagte sie, griff nach der offenen Weinflasche, schenkte zwei Gläser voll, und er nahm ihr, aus alter Gewohnheit, vorsichtig die Zigarette aus dem Mund und drückte sie im Waschbecken aus.

Claudia leerte ihr Glas in wenigen Zügen. Sie zog sich den Mantel über und unterdrückte den Impuls, Andrea ins Haar zu fassen. Anstatt das Haus zu verlassen, lief sie ein Stockwerk höher, zündete sich eine Zigarette an und sah durch das Fenster im Treppenhaus, wie Andrea kurz nach ihr das Fest verließ und in ein Taxi stieg. Claudia wartete noch einen Moment, dann ging sie hinunter, klingelte, irgendjemand öffnete und zog sie zurück in die Musik.

Marie blinzelte und legte eine Hand auf Andreas Oberarm, stellte sich vor, die schwarzen Bilder würden darunter verschwinden und der Abdruck ihrer Finger würde auf seiner Haut als weißes Negativbild zurückbleiben.

Sie schob ein Stück der Bettdecke zwischen ihre Beine, lächelte, so selbstverständlich, dass Landolfi ihre Hand dieses Mal nicht wegschob. Trotz der Berührung, die er nur selten länger aushielt, fiel er bis zum nächsten Morgen in einen traumlosen Schlaf.

Kurz nach Mitternacht war auch Claudia endlich bereit, nach Hause zu gehen. Die Wohnung war da beinahe leer, die zweite Schachtel geraucht, auf einem dreckigen Teller im Waschbecken sammelten sich die abgebrochenen Filter. Dann fing das Zittern an, kurz nur, gespenstisch, so als hielte unten vor dem Haus ein riesiger Lastwagen mit laufendem Motor. Die wenigen verbliebenen Partygäste waren zu betrunken, um Angst zu bekommen. Sie liefen ans Fenster und schauten hinaus. Irgendjemand schaltete den Fernseher ein, aber die Nachrichten brachten noch keine Meldung.

Kurz nach Mitternacht erwachte Marie erneut. Dieses Mal vom eigenen Herzschlag, der in ihrem Hals pulsierte, sich fortsetzte in der Matratze, im Zittern des Lichtscheins. Als sie an das Fenster trat und hinaussah, pendelte der Lampenkegel der Straßenlaterne hin und her, schaukelte sich auf und zersplitterte mit einem lauten Krachen auf dem Asphalt.

Kurz nach Mitternacht rückten in der Sammlung im Anatomischen Institut die Gläser auf den Holzborden vor und tanzten an den Rand. Eines nach dem anderen hielt für den Bruchteil einer Sekunde inne. Um dann im Lärm der anderen auf dem Boden zu zerspringen. Das Knochenherz rollte zu den Augäpfeln unter die Heizung in den Staub.

Kurz nach Mitternacht pendelte das Auge der Überwachungskamera, das den Weg zwischen den Plattenbauten und den Gärten der Einfamilienhäuser in der Via St. Lucia beobachtete, nach rechts und links, blickte in der Bewegung vom Haus, in dem ich lag, zum Centro.

Der Fuchs hatte die Stadt erreicht. In schnellem Lauf überquerte er die Viale di Trastevere und bog hinter dem Rote-Kreuz-Zentrum nach Westen ab. Der schmale Gehweg entlang des Parks war unbeleuchtet. Das Tier umschlich den Zaun, der den Innenhof des Häuserblocks, in dem meine Wohnung lag, vom Gehweg trennte, fand eine Lücke und lief durch die offene Tür des Seiteneingangs ins Haus. Kurz vor dem vierten Stockwerk blieb er dicht am Geländer stehen. Der schwarze Fellstreifen auf seinem Rücken sträubte sich. Vor meiner Wohnung setzte er sich auf die Fußmatte und stellte die Ohren auf. Die Alarmanlagen einiger Autos sprangen an. Niemand trat auf die Straße.

Sie griff mit den Händen nach etwas, das im Traum neben ihr lag, drehte sich auf die andere Seite, öffnete die Augen und sah mich an. Sah, wie die Klinge durch meinen Hals ging. Sah, wie unsere Blicke sich trafen, ein helles Flimmern vor ihren Augen. Sie blinzelte, die Fensterläden klapperten, etwas rüttelte an ihrem Bett, dann schlugen ein paar Hunde vor dem Fenster an, bellten und bellten.

Claudia stand immer noch in der fremden Wohnung, schaltete zwischen den Fernsehsendern hin und hier. Irgendwann lief sie zu Fuß nach Hause, musste dabei an Andrea denken, ohne es zu wollen. An seinen harten Handgriff um ihre Oberarme, wenn er aus der Pathologie zurückkam und sofort mit ihr schlafen musste. Egal, ob das Kind zu Hause war oder nicht. Gleichgültig, ob sie arbeiten musste oder ob sie überhaupt Lust auf ihn hatte. Aber auch an ihr eigenes Lächeln danach, das sie erstaunt und misstrauisch im Spiegel betrachtete, wenn Andrea längst zurück in seine Wohnung gefahren war. Wie sie ein anderes Mal den Blick eines ertrunkenen Mädchens in den erloschenen Pupillen suchte und nicht finden konnte. Das Foto hing über ihnen in der Küche. Andrea kniete über Claudia und presste ihre Schultern auf den Boden. An solche Momente erinnerte sie sich. Alles andere, was von ihnen beiden hätte übrig bleiben können, hatte sie sehr entschlossen vergessen. Claudia lief schneller, um auch diese Erinnerungen abzuschütteln. Die letzten Meter bis zu ihrer Wohnung rannte sie.

Ihre Tochter saß in der Küche vor dem Fernseher. »Sie bringen nichts«, sagte sie, »da war doch was«, und Claudia umarmte sie erleichtert. »Ich dachte, du bist noch unterwegs.« Ihre Tochter schüttelte genervt den Kopf. Claudia setzte Wasser für Camomilla auf, putzte sich die Zähne. Schließlich, als ihre Tochter schon schlief, die Erdbeben-Notiz im Lauftext.

Als die Alarmanlagen der Autos längst verstummt waren, die ersten Krankenwagen den Kreisel passierten und mit Blaulicht auf die A1 Richtung Südosten, in Richtung des Epizentrums in die Berge fuhren, wurden auf der Tiberinsel drei

Kinder im Abstand von sieben und zehn Minuten geboren. Ein Junge, zwei Mädchen mit faltigen roten Gesichtern und zusammengekniffenen Augen, hässlich und zart wie Greise.

Ich höre Dich summen, Billy, immer weiter in ihren Schlaf hinein: »Amanda, liebe Amanda mein, wann werden wir wieder zusammen sein, zusammen sein? Am Montag, am Dienstag, am Mittwoch, nein, am Donnerstag, Freitag, am Samstag, nein, wann werden wir wieder zusammen sein, Amandalein?«

Montag, 6. April 2009.
Rom. Via St. Lucia. 7:00.

Als am nächsten Morgen um sieben Uhr in der Frühe die Haustür aufgebrochen wurde, war es vollkommen still. Grauschlieriges Licht über der Siedlung. An der Straße standen zwei Polizeiwagen mit rotierenden Blaulichtern.

Im Wohnblock schräg gegenüber zog Nara Campieri die Gittertür des Fahrstuhls zu und klemmte die Mülltüten zwischen die Füße. Doch anstatt ins Erdgeschoss zu fahren, ruckte es und der Fahrstuhl erklomm die letzten Meter bis zum obersten Stockwerk. Die Tür zum Flachdach hatte ein schmales Fenster. Die Wellpappe glitzerte, an einigen Stellen standen Pfützen auf dem Dach. Nara war noch nie hier oben gewesen. Sie trat hinaus, duckte sich unter den Fernsehantennen hindurch, beugte sich neugierig über die Brüstung und sah zu den zwei Autos hinunter.

Nara hatte die Polizei angerufen, als das Handyklingeln, das sie am Nachmittag zum ersten Mal gehört hatte, den Abend über nicht verstummt war und die ganze Nacht in regelmäßigem Abstand erklang. Es schien aus einem der Gärten zu kommen. Vielleicht hatte jemand sein Telefon verloren, vielleicht war aber auch jemand überfallen worden. Dann hatten sehr kurz nur die Teller in der Spüle gezittert, ein Buch fiel im Wohnzimmer aus dem Regal. Nara war aufgestanden und hatte schließlich die Notrufnummer gewählt.

Die Leitungen waren besetzt. Immer wieder drückte sie die Wahlwiederholung, bis ein Freizeichen erklang, das im selben Augenblick schon von einer Männerstimme abgelöst wurde. Sie erzählte von dem Handyklingeln, von dem Schrei am Nachmittag, den sie zu hören geglaubt hatte.

Giuseppe Bugatti hatte Dimans Handy, das unter dem eingeschlagenen Fenster lag, gefunden, als es zum letzten Mal klingelte, dann war der Akku leer und das Telefon schaltete sich ab. Bugatti hatte sich auf Zehenspitzen gestellt und durch das Fenster den verdrehten Körper einer Frau gesehen, zur Hälfte zugedeckt, ein Fuß ragte unter der Decke hervor, Blut auf dem Boden. Er hatte geklingelt, niemand hatte geöffnet, also hatte er Verstärkung angefordert und vor dem Haus gewartet. In der Siedlung war es still. Der zweite Polizeiwagen bog mit stummgeschaltetem Blaulicht in die Straße ein und hielt hinter Bugattis Auto.

Die Männer brachen die Haustür auf, zogen Plastikschoner über ihre Schuhe, liefen den Flur hinunter und traten ins Zimmer, in dem die Tote lag. Einer von ihnen hob die Decke von ihrem Gesicht. Bugatti trat nach den anderen ins Haus und als Letzter ins Zimmer. Er hatte noch nichts gegessen, die Galle stieg ihm die Speiseröhre hoch. »Wann kommt denn die Spurensicherung?«, fragte einer. »Wir brauchen die Aussage dieser Frau, die angerufen hat«, sagte ein anderer. Bugatti sah sich im Zimmer um, die Füße in den Plastikschonern links und rechts eines Fußabdrucks. »Das sind bestimmt Männerschuhe«, sagte Bugatti. Sein Kollege drehte sich um: »Jemand sollte den Vermieter informieren.« Er schnalzte mit der Zunge und lief auf Zehenspitzen zurück zur Haustür. Bugatti folgte ihm.

Als die Polizisten begannen, Absperrband um das Haus zu ziehen, kam Claudia in der Via St. Lucia an, nahm die Plastikschoner, die ihr Bugatti hinhielt und folgte ihm, die Fototasche über der Schulter, ins Haus hinein. Vorsichtig setzte sie die Füße zwischen die nummerierten Schilder. »Hier entlang, kommen Sie«, sagte Bugatti. Ein Stein neben dem Kopf der toten Frau drückte das Kissen ein.

Als Andrea sie in aller Frühe angerufen hatte, erkannte sie im Halbschlaf die Nummer nicht und nahm den Anruf an, ohne nachzudenken. Andreas Stimme in ihrem Ohr, plötzlich und zu nah: »Kannst du das machen, also ich –«, Andrea hatte eine Pause gemacht. »Du rufst mich gerade wirklich an«, hatte Claudia festgestellt, »warum?« »Ich weiß nicht«, sagte Andrea. »Weil ich heute Morgen an dich denken musste«, sagte er nicht. Claudia setzte sich im Bett auf und nickte. »Wo soll ich hin?«, fragte sie. Andrea nannte ihr die Adresse, sagte, dass er nachkommen würde, er müsse einspringen für einen Kollegen, »Einmal im halben Jahr, nicht öfter«, sagte er. »Andrea, das interessiert mich nicht«, antwortete Claudia, »es ist eine Ausnahme, verstanden?« Claudia hatte seit mehr als acht Jahren keine Tote mehr gesehen.

Sie beugte sich über die junge Frau und zog vorsichtig die Decke etwas weiter zur Seite, stellte scharf, korrigierte, drückte den Auslöser, suchte Ausschnitte des Gesichts, das sich auf dem Display der Kamera zu bewegen schien.

»Sind sie fertig hier?«, fragte Bugatti eine Viertelstunde später, Claudia nickte, stand auf und drehte sich um. Der Blick des Mannes war auf das Blut an der Wand geheftet. »Gut«, sagte er, ohne den Blick zu lösen. »Könnten Sie Herrn Landolfi ausrichten, dass ich hier war?« »Natürlich.«

Claudia blieb neben ihm stehen und wartete. Bugatti riss sich los. »Gibt es noch etwas?« »Ich glaube nicht.« Claudia schob sich an ihm vorbei und ging hinaus. Erst im Auto bemerkte sie, dass sie vergessen hatte, die Plastikschoner auszuziehen.

Währenddessen stand Landolfi im Stau auf der Via Matteo Matinioli und trommelte auf das Lenkrad. »Nach ersten Schätzungen wird derzeit von etwa zwanzig Toten und mehr als hundert Verletzten ausgegangen, innerhalb der nächsten zweiundsiebzig Stunden müssen die Verschütteten gefunden werden, sonst schwinden die Chancen, dass noch ...–«, Landolfi schaltete das Radio aus, ließ die Scheibe hinunterfahren und den Wagen einige Meter vorrollen.

Als er das Haus in der Via St. Lucia schließlich erreichte, stand Claudia bereits an der Tankstelle, die unangezündete Zigarette im Mundwinkel, mit bloßen Füßen neben der Zapfsäule. Landolfi bückte sich unter dem Absperrband hindurch. Der Polizist am Hauseingang nickte ihm zu: »Geradeaus, den Flur hinunter, das Zimmer auf der rechten Seite.« Die Tote sah anders aus, als Landolfi erwartet hatte. Er blieb in ausreichendem Abstand vor dem Bett stehen, um ihr nicht zu nahe zu kommen. Musterte die Wunde, das Blut, das Bettzeug. Blinzelte, holte tief Luft und trat ans Fenster. Die Luft der nahen Autobahn klebte auf seinen Lungenbläschen. Er drehte sich wieder um und betrachtete die Tote. Sie war jung, Anfang zwanzig, blondes langes Haar. Er sah wieder zum Fenster hinaus. Spürte die körperliche Präsenz der Toten, als stände jemand hinter ihm und sähe ihn an. Einer der Polizisten kam gerade aus der Tür des Nachbarhauses. Landolfi beobachtete, wie er die Straße hinunterging und weiter die Runde machte. Wahrscheinlich war das sinnlos, von den Leuten, die sich vor dem Haus versammelt hatten, hatte auch niemand etwas mitbekommen.

Montag, 6. April 2009.
Rom. Trastevere. 17:00.

Am späten Nachmittag hielt ein Fahrradkurier vor Claudias Fotostudio. Er lehnte sein Rad an die Hauswand, wickelte das Schloss durch Vorder- und Hinterreifen, schob die Sonnenbrille hoch und öffnete die Ladentür. Mittlerweile war das Fotolabor zusätzlich durch einen gummierten, lichtdichten Vorhang vom Verkaufsraum getrennt. Neben dem Eingang stand eine gelbe Maschine, an der man Digitalbilder vom Mobiltelefon oder USB-Stick ausdrucken konnte. Die Wände rings um den Verkaufstresen waren voller alter Fotos des Stadtteils.

Der Kurier nahm die zwei Umschläge entgegen, die Claudia unter der Theke hervorholte. Einer enthielt die Bilder-CDs, der andere eine Auswahl an Printabzügen der digitalen Bilder. Claudia wartete, bis der Mann den Laden verlassen hatte, warf den Kittel, den sie in der Dunkelkammer trug, über den Stuhl, schnippte eine Zigarette aus dem Päckchen und trat auf die Straße.

Seit zehn Uhr hatte sie Kontraste bearbeitet und die CDs gebrannt, hatte danach im Rotlicht des Labors, über den Vergrößerer gebeugt, das Gesicht der Toten auf den analogen Filmnegativen scharf gestellt und Auszüge vergrößert. Die Haut des Mädchens flimmerte im Negativ, sobald Claudia den Belichter anschaltete. Immer wieder wurde das Dunkel zu hellem Licht, immer wieder sah sie das Zimmer, den Fuß, der unter der Decke hervorragte, Blutspuren auf dem Wasserhahn und der Badematte, immer wieder die Haut, die auseinanderklaffte. Die Schatten, die sich darin bildeten, während Claudia das Papier mit der Zange im Entwicklerbad schwenkte und danach in die Wanne mit dem Fixierer gleiten ließ, um die chemische Reaktion zu stoppen, durch die das Gesicht des Mädchens auf dem Papier erschien. Eine Schlafende, die um die Nähe einer anderen wusste.

Vielleicht würde sie eines dieser Bilder einscannen, dreihundert dpi auf dreißigmalsechsunddreißig Zentimetern, und es probehalber in die Küche an den Kühlschrank hängen. Sich vergewissern, dass es nur ein kurzer und unwichtiger Moment gewesen war, in dem ihr das Gesicht auf den Bildern beruhigend und seltsam vertraut erschien. Jemand, den sie lange Zeit nicht gesehen und trotzdem sofort wiedererkannt hatte.

Claudia zündete sich eine Zigarette an der Heruntergerauchten an, machte ein paar Schritte in Richtung des Kirchentors und sah die Straße hinunter.

Sie versuchte, sich vorzustellen, wie das Mädchen lebend ausgesehen haben mochte. Sah ihre Augen vor sich, das helle Blau mit den grauen Punkten um die Iris, das bereits nur noch eine matte Farbe gewesen war. Die Pupillen hatten das Blitzlicht reflektiert, ohne sich zusammenzuziehen, als Claudia sich über die junge Frau gebeugt und ihr vorsichtig eine Haarsträhne aus dem Gesicht gestrichen hatte.

Das Telefon im Laden klingelte. Sie drückte die Zigarette an der Kirchenmauer aus.

»Ich bin's«, sagte Andrea. »Ich hab die Bilder dem Kurier mitgegeben«, Claudia hielt den Hörer fest. »Ich soll dir Grüße ausrichten«, sagte er. »Das ist nicht witzig, Andrea.« »Entschuldige.« »Ich geh jetzt schlafen.« »Es ist doch gerade erst Nachmittag.« Claudia schwieg. »Ich fahre erst morgen in die Pathologie«, Andrea räusperte sich. »Ich dachte du bist nur noch an der Uni. Warum rufst du mich auf einmal wieder an, was soll das?« Claudias Augen brannten. »Ich musste einspringen, Mignoni –« »Ja. Ich verstehe.« Claudia schloss die Augen. »Du hättest auch Nein sagen können«, sagte Andrea. »Du auch«, erwiderte Claudia. »Hilfst du mir?« »Das kann ich nicht. Ich mach nur die Bilder.« Claudia legte auf, schloss den Laden ab, ging hinauf, zog die Gardinen vor das Schlafzimmerfenster, kroch ins Bett, biss die Zähne aufeinander. »Scheiße«, sie schlug mit der Faust ins Kopfkissen, »verdammte Scheiße.«

Landolfi lauschte einige Sekunden auf das Besetztzeichen, dann legte er auf. Marie war nicht da. Trotzdem roch die ganze Wohnung nach ihr, nach ihrem Tee, ihrem Parfum, im Bad lagen ihre Sportkleider auf dem Boden vor der Waschmaschine, daneben die Turnschuhe. Landolfi riss die Fenster auf, stand einen Moment unschlüssig im Flur vor ihrem Hochzeitsfoto herum. Marie hatte auf einem professionellen Fotografen bestanden. Ebenso auf die Bonbonniere, den Antrag bei den Eltern, das weiße Kleid mit Schleier. Sie sah schön aus, das offene Haar endete kurz über den Schultern. Landolfi wirkte neben ihr wie aus einem anderen Jahrzehnt, seine dunklen Augenbrauen schienen zusammengewachsen zu sein. Er trat dichter an das Foto heran. Maries Haut war so weiß, dass sie in den Stoff des Kleides überging, ohne dass man unterscheiden konnte, wo der Taft begann und wo das Dekolleté aufhörte. Landolfi erinnerte sich nicht, dass es an dem Tag so hell gewesen war. Er hatte Regenwolken im Kopf, zumindest einen bedeckten Himmel, aber auf dem Bild schien eindeutig die Sonne. Das Glas hatte einen winzigen Sprung. Landolfi fuhr mit der Fingerkuppe darüber. Maries Vater hatte ihm immer wieder auf die Schulter geklopft, ohne dass Landolfi den Sinn dahinter erkannt hatte, er wusste, dass Maries Eltern ihn nicht leiden konnten. Er beschloss Marie abzuholen, für einen kurzen Moment fehlte sie ihm. Er lief los, schnell, bevor das Gefühl wieder verschwinden würde.

Das Licht der Scheinwerfer an der Ausgrabung am Largo Argentina umgab die Säulenreste mit Schlagschatten. Die Katzen schlichen im Schutz der Mauern umher, einige putzten sich auf der hohen Umrandung und ließen sich von Touristen und Kindern kraulen. Die Tram fuhr in die Haltestelle gegenüber der Katzensiedlung ein. Kurz drängten sich zu viele Menschen auf einmal an Landolfi vorbei, er hielt die Luft an. Die Menge verteilte sich in den angrenzenden Straßen.

Manchmal, wenn Landolfi seine Vorlesungen am Nachmittag ausfallen ließ, fuhr er hierher, setzte sich in das Café gegenüber von Maries Laden und beobachtete sie. Sah zu, wie sie Farbmuster, Stoffe und Schnitte erklärte und dann, wenn die Kunden die Kleider anprobierten, gelangweilt am Tresen lehnte und an ihren Haarspitzen zupfte. Manchmal sah sie dabei durch das Schaufenster zum Café hinüber. Nie bemerkte sie ihn.

Marie lächelte überrascht, als Landolfi um die Ecke bog, und küsste ihn flüchtig auf den Mund. »Warst du im Institut, ist von deiner Sammlung noch was übrig?« »Ich hab nur mit Carla telefoniert, ich hatte zu tun. Ich fahre morgen hin.« Marie schloss die Tür ab und zog das Gitter vor. »Wir könnten doch irgendwo einen Aperitivo nehmen«, sagte Landolfi schnell, bevor Marie weitere Fragen stellen konnte. Wie leicht Maries Gesicht sich aufhellen konnte. Sie lief ein paar Schritte vor, drehte sich nach Landolfi um und streckte ihm die Hand entgegen.

Am Tresen des Café Cortaggio drängten sich die Studenten. Auf dem Bildschirm in der Ecke des Raums flimmerten dieselben Nachrichten wie überall, Hilfe wurde versprochen, Bilder eingestürzter Siebzigerjahrebauten. Landolfi erkannte unter den Studenten ein paar Gesichter, grüßte aber niemanden, bestellte zwei Campari, balancierte sie zusammen mit einem Teller Tramezzini durch den Laden, der eigentlich nur aus einem engen Schlauch bestand, hinter dem Tresen bis zur Decke Weinflaschen und Spirituosen auf Glasplatten, als schwebten sie in der Luft. Marie hatte sich Landolfis Jacke übergeworfen. Er lehnte sich neben Marie an die Hauswand. »Mignoni hat mich angerufen.« »Ich will es gar nicht wissen.« Marie stieß sich leicht von der Wand ab, stellte ihr Glas auf den Boden und gab ihm einen Kuss auf die Wange. Landolfi sah in die rote Flüssigkeit in seinem Glas, dann auf die Straße, dann wieder in sein Glas. Ein Student grüßte im Vorbeigehen. Marie lächelte ihm zu. Marie lächelte immer allen zu. Landolfi drehte den Kopf und sah seine Frau an, wunderte sich, wer da neben ihm stand. Ein kleines Tier, das man füttern musste, vertraut und irgendwie bemitleidenswert. Landolfi trank sein Glas aus, fing den Eiswürfel mit den Zähnen auf und biss zu. Marie zog den Reißverschluss seiner Jacke hoch und krempelte die Ärmel auf. »Dir ist ja scheinbar nicht kalt«, sagte sie. »Nein, mir ist nicht kalt.«

Dienstag, 7. April 2009.
Rom. Trastevere. 6:00.

Bis auf das leise Brummen des Kühlsystems war es still. Außer der Nachtschicht und dem Notdienst war noch niemand im Haus. Der Bildschirmschoner des PCs schickte Würfel von einer Ecke in die andere, die mit jedem Anschlag die Farbe änderten. Landolfi beobachtete das Treiben seit einer Viertelstunde.

Kurz vor sechs Uhr in der Frühe hatte er den Schlüssel für die Räume der Pathologie abgeholt, hatte keinen der beiden Polizisten erkannt, die hinter dem Empfangstresen im Erdgeschoss saßen. »Sind Sie der Neue?«, hatte einer gefragt. »So etwas Ähnliches.« »Alles klar, die Treppe runter, den Flur bis ans Ende, dann –« »Ich weiß«, hatte Landolfi ihn unterbrochen, hatte ihm seinen Ausweis gezeigt, den Schlüssel aus der Hand genommen und sich beeilt, in die Räume im Souterrain zu kommen. Landolfi hatte gehofft, dass die wichtigsten Informationen schon bereitlägen, aber die Ergebnisse der DNA-Proben waren noch nicht zurück aus dem Labor oder direkt an Bugatti weitergegeben worden.

Landolfi bewegte die Maus, die Würfel verschwanden. Claudia hatte zwei analoge Portraits der Toten eingescannt und ihm mit einer Mail geschickt. Grobkörnige Schwarzweißbilder mit vielen Schatten. »Sieh hin«, hatte sie geschrieben, mehr nicht. Landolfi zog das Fach auf, in dem die Frau lag, rollte die Bahre hinüber, schlug das Tuch zur Seite und sah hin. Sah den geöffneten Hals. Sah beruhigt, wie schon am Tag zuvor, dass alles ganz einfach war. Landolfi nahm die rechte Hand der Toten hoch, die Fingernägel waren sehr gepflegt, er legte die Hand wieder ab, zog das Tuch ganz herunter und faltete es umständlich zusammen, um Zeit zu gewinnen. Es gab keine weiteren Anzeichen von Gewalt, nur die Wunde am Hals, der tiefe Schnitt, der sauber Luft- und Speiseröhre durchtrennt hatte, keine weiteren Schnitte oder Verletzungen, auch keine Anzeichen von Gegenwehr, keine Flecken außer den Liegestellen, die üblichen Verwesungsprozesse hatten begonnen.

Im alten Rom war der Leichnam den Ahnen geweiht gewesen, und die Angehörigen hatten lediglich das Bestattungsrecht, aber das war für diese Frau noch nicht freigegeben. Nicht, bevor Landolfi alles ausformuliert hatte. Landolfi stützte sich auf der Schreibtischplatte auf, öffnete eines der Formblätter, äußere Leichenschau, und füllte die ersten Felder aus. Dann öffnete er noch einmal das Fenster mit Claudias Portrait der Toten. Alles darauf bezog sich auf die Abwesenheit. Auf die des Gegenstandes, den das Bild des geöffneten Halses vorgab zu zeigen: Die möglichen Tatwaffen, deren Beispielbilder Landolfi aus den Dateien des Archivs herauskopieren und später an den Bericht anhängen würde. Auf die des lebenden Körpers, den der tote Körper vorgab zu zeigen: Die wächserne Haut der Frau auf dem Tisch hinter ihm schimmerte blass im Neonlicht. Trotz eines leichten Unbehagens und dem anhaltenden Gefühl, beobachtet zu werden, freute Landolfi sich, wieder hier zu sein.

Er lief einmal um den Tisch herum, beugte sich über die Tote, stellte sich die glatte Haut über der Wunde vor. Ein einfaches T-Shirt, Jeans, die Haare zum Zopf gebunden. Er schaltete die Neonröhren aus, drehte den einzigen Strahler, der neben dem Tisch stand, so, dass Schatten auf ihrem Körper sichtbar wurden: in der Kuhle zwischen den Schlüsselbeinen, an den Hüftknochen, zwischen den Beinen. Er griff nach der anderen Hand und legte die Armbeuge frei. Die Tätowierung an der Innenseite ihres Unterarms war exakt gestochen und verlief parallel zu den Venen. Überrascht fuhr Landolfi mit der stumpfen Seite des Skalpells die dünnen Linien nach, erkannte das Sternzeichen wieder, Virgo – die Jungfrau. Als astronomisches Symbol. Fügte zu den Punkten und Strichen im Kopf das hinzu, was fehlte: Gesichtszüge, Kleider, das lange Haar, in dessen Spitzen sich der hellste aller Sterne verfangen hatte. Er legte das Skalpell zurück in die Schale, schob den Ärmel seines Kittels nach oben, auch den Ärmel seines Hemdes bis zur Armbeuge, und legte seinen Arm an den der Toten, so dass sich die Bilder spiegelten, mit dem Unterschied, dass bei ihm das abstrakte Sternzeichenbild unter dem der Jungfrau nur noch zu erahnen war.

Der Tätowierer hatte damals ein Foto von seinem fertigen Bild gemacht und in die Auslagemappe für die Kunden gesteckt. Landolfi war einer der Ersten gewesen und einer der Wenigen, die regelmäßig kamen. Mittlerweile hatte Dan das Studio vergrößert, die Kunden waren jünger geworden. Mädchen in Blumenkleidern und Nietenstiefeln, Jungs in Poloshirts, die sich keltische Tribals oder chinesische Zeichen in den Nacken stechen ließen. Die Hälfte von Landolfis Studenten hatte diese Verzierungen, die aussahen wie Klebebildchen aus dem Kaugummiautomaten. Und vermutlich trugen auch viele Fremde dieselben Tätowierungen wie

Landolfi. Claudia hatte das Bild, das ihre Gesichtszüge trug, nie gesehen.

Landolfi zog den Arm zurück, nahm das Skalpell und drehte es in der Hand. Zweimal ansetzen, zweimal die zarte Klinge durch die Haut ziehen, um das Bild herauszuschneiden, die Verlockung war groß. Er beugte sich vor, und plötzlich spürte er den Schwindel kommen, zum ersten Mal seit acht Jahren.

Landolfi ließ das Skalpell fallen, hielt das Handgelenk der Toten fest, etwas raste auf ihn zu, er hielt die Luft an, aber nichts passierte. Kurz nur drehte sich der Boden unter ihm weg. Landolfi widerstand dem Impuls, seinen Kopf auf die Schulter der Toten zu legen, deckte die Frau zu, schob sie zurück in die Kühlung und schloss die Tür. Warf die Handschuhe und das Skalpell in den Müll, tauschte den Kittel gegen das Jackett, desinfizierte sich die Hände und löschte das Licht.

Landolfi verließ das Gebäude durch den hinteren Ausgang. Auf dem Weg zum Auto vibrierte sein Handy, dazu die Melodie eines Kinderlieds, Il coccodrillo come fa? Non c'è nessuno che lo sa! Si dice mangi troppo, non metta mai il cappotto – Landolfi summte und nahm den Anruf nach der ersten Strophe an. »Hören Sie, Landolfi? Ich hoffe, ich habe Sie nicht geweckt, wie geht es Ihnen?« »Bestens«, log Landolfi. »Schön, dass Sie so problemlos diese Angelegenheit hier übernehmen, das ist eine Ausnahme, Ihr Kollege ist im Urlaub –« »Das ist kein Problem«, unterbrach Landolfi den Staatsanwalt. »Gut. Also, der Vermieter hat alles bestätigt, die Tote ist Italienerin, Vollwaise, keine Geschwister, dann müssen wir wenigstens keine Angehörigen benachrichtigen, aber das wäre ja sowieso nicht Ihre Aufgabe. Wann bekomme ich den Bericht? Hab ich Sie doch geweckt?« »Sie bekommen alles so schnell wie möglich.« »Das ist gut. Bugatti gibt Ihnen die restlichen Formulare. Die müssen Sie nicht ausfüllen, nur unterschreiben und mir dann mit Ihren Ergebnissen geben, so wie immer, es hat sich nichts geändert, Sie kennen das ja noch. Also, ich bin in Eile.« Landolfi klappte das Handy zu. Es war kurz vor acht. Zu früh, um mit anderen Menschen zu reden. Landolfi ging über die Straße und zum Tiber hinunter. Der Weg entlang des Wassers war leer. Landolfi setzte sich auf einen Steinpoller, starrte in die Strömung und versuchte sich auf seinen Atem zu konzentrieren, bis das Rauschen in den Ohren leiser wurde.

Dienstag, 7. April 2009.
Rom. Trastevere. 8:00.

Bugatti hob das Plastikbeutelchen gegen das Licht. Die Adresse auf dem Zuckertütchen, das er in der Küche der Toten aufgesammelt hatte, war vom Wasser verwischt. Er tippte den Namen der Bar in die Suchmaschine ein, Google spuckte 25 000 Ergebnisse (0,23 Sekunden) aus, der zweite Klick zeigte die Frontscheiben eines Cafés, nicht weit von hier, daneben leuchtete die Getränkekarte auf. Den italienischen Pass der Toten hatte er in einer Schublade gefunden, zusammen mit einem einzelnen 5-Euro-Schein. Vermutlich hatte vorher mehr Geld dort gelegen, die Miete für die Wohnung, Wirtschaftsgeld für die Woche, Bugatti stellte sich das so vor. Er selbst nummerierte die Scheine in seinem Portemonnaie von hinten nach vorne durch, das Kleingeld ließ er in eine WWF-Sammeldose mit Pandabären fallen, die auf seinem Schreibtisch stand. Der Vermieter hatte die Tote identifiziert: Lucia Mara, Italienerin, 23 Jahre alt. Die fremden DNA-Spuren und Fingerabdrücke, die sie in der Wohnung gefunden hatten, hatten tatsächlich eine Übereinstimmung mit den Dateien ergeben, das war wie ein Sechser im Lotto. Ein junger Mann der Elfenbeinküste, vor einigen Jahren vorbestraft wegen Dealerei, ein Kleinkrimineller. Aber bisher kein Gewaltverbrecher, und seit damals war er nicht wieder auffällig geworden. Bugatti hatte die Suchmeldung gerade rausgegeben. Er legte der Sekretärin den Plastikbeutel mit dem Zuckertütchen auf den Schreibtisch. »Ich bin mal kurz weg.«

Zur selben Zeit hielt sie in meiner Wohnung, vor dem Spiegel im Badezimmer, meinen Pass neben ihr Gesicht. Im Licht der Neonröhre, die über dem Waschbecken angebracht war, erschienen ihre Augen dunkler, die Wangenknochen schärfer geschnitten, die Haare noch heller, als an dem Tag, an dem wir uns kennengelernt hatten. Schatten zogen sich unter der Nase und den Wangen über das Gesicht. Ihre Augenlider waren geschwollen von zu viel Schlaf. Sie verglich ihr Spiegelbild mit meinem Foto und lächelte. Du wirst den Unterschied kaum bemerken, Billy. Du wirst einfach Deine Erinnerung anpassen.

Das Wasser war heiß, ihre Haut nach wenigen Sekunden rot. Sorgfältig schäumte sie sich ein, legte den Kopf in den Nacken, hielt den Duschkopf über ihr Gesicht und schloss die Augen. Wir müssen innerlich sauber sein und äußerlich blitzblank und rein. Nach einer halben Stunde war das Wasser kalt, der Spiegel beschlagen.

Sonntagabend hatte sie sich in mein Bett gelegt, und nur kurz hatte das Erdbeben sie aus dem Schlaf gerissen. Am frühen Montagabend, als im Haus in der Via St. Lucia das von den Kriminaltechnikern versprühte Luminol auf dem Küchenboden, im Flur und überall im Schlafzimmer in der Dämmerung zu leuchten begann, hatte Taubheit ihren Körper mit einer zweiten Haut überzogen. Sie war ein zweites Mal aufgewacht und hatte nichts mehr gespürt. Sie war in die Küche gegangen, hatte die Kleidung zum Trocknen auf die Leine unter dem Fenster gehängt. Sie hätte sich, das wusste sie, auf das Fensterbrett stellen, ohne Angst nach unten sehen und langsam nach vorne kippen können. Sie biss sich in den Unterarm, betrachtete verwundert ihren Zahnabdruck. Nichts schmerzte mehr.

Bugatti entdeckte die Bar schon im Vorbeifahren. Er parkte den Scooter zwischen zwei Autos und verstaute den Helm im Fach unter dem Sitz. Der Gehweg war von Baumwurzeln aufgesprengt, die sich durch die dünne Asphaltschicht drückten.

Sie nahm das Bündel mit Deinen Postkarten, das ins Küchentuch eingewickelte Messer und verstaute es mit der Zahnbürste, dem T-Shirt, Pass, Flugticket und etwas Unterwäsche im Rucksack, steckte etwas Geld in die Schuhe. Sie schloss die Tür zweimal ab, legte den Schlüssel unter die Fußmatte, lief die Treppe hinunter und auf die Straße.

Die Bar im Erdgeschoss war geschlossen. Ein Polizist stand davor, schirmte mit den Händen die Augen ab und sah durch die Glasfront ins Lokal hinein. Schnell ging sie an ihm vorbei. Zwang sich, nicht loszurennen, sondern langsam zu gehen. Am Kiosk kaufte sie eine Zeitung, suchte nach einer Meldung über mich, fand nichts, warf sie in den nächsten Mülleimer an der Straße, lief, ohne nachzudenken, immer weiter, weg von meiner Wohnung, weg von mir, hörte auf das Geräusch ihrer Schritte, das Tickern der Absätze auf dem Asphalt. Über ihr drehte ein Hubschrauber in Richtung der Berge ab. Mehrmals sah sie sich um. Die plötzliche Idee, dass ihr seit Sonntag jemand folgen könnte, dass man sie beobachtet hatte, dass der Polizist vor der Bar nach ihr suchte, dass sie weg musste aus der Stadt, sofort. Sie wusste nicht, dass nach ihr noch jemand bei mir gewesen war und mich zugedeckt hatte, dass wir längst schon in Sicherheit waren.

Bugatti drückte sein Gesicht an die Scheibe und schirmte die Augen mit den Händen ab. Ein paar Bistrotische, ein schmaler Bartresen, die Wände in hässlicher Schwammtechnik orangefarben gestrichen. Ein blondes Mädchen kam aus dem Seiteneingang, war in Eile, lief an ihm vorbei, zwei Männer mit Aktentaschen, ins Gespräch vertieft, eine Gruppe Touristen blieb stehen und diskutierte auf Englisch und Japanisch, setzte sich wieder in Bewegung und lief um ihn herum. Eine knochige, große Frau blieb plötzlich neben ihm stehen. Die Haustür, aus der zuvor das Mädchen gekommen war, fiel ins Schloss. »Guten Morgen«, sagte sie und musterte ihn misstrauisch. »Wem gehört denn dieses Lokal?« »Das weiß ich nicht.« Ihre Füße steckten in mehreren dicken Wollsocken. Bugatti zog seine Polizei-Marke hervor und zeigte der Frau das Foto von Diman aus dem Archiv. »Kennen Sie den zufällig?« Die Frau kniff die Augen zusammen. »Vielleicht.« »Was heißt das?« Sie griff nach dem Foto, hielt es dicht vor ihr Gesicht. »Vielleicht hat der hier mal gearbeitet.« Sie gab ihm das Bild zurück. »Vielleicht war das auch ein anderer, die sehen ja alle gleich aus.« Bugatti steckte das Foto ein. »Und wo finde ich den Besitzer? Oder machen die hier heute noch auf?« Er nickte zur Bar hinüber. Die Alte zuckte mit den Schultern und schlurfte zurück zum Seiteneingang, drückte die schwere Tür auf und verschwand grußlos im Haus. Bugatti schrieb sich die Namen vom Klingelschild neben der Tür ab, er würde den Eigentümer anrufen und die Bar durchsuchen lassen. An der nächsten Ecke kaufte er Pizza al taglio mit Artischockenherzen und bekam von dem dünnen Teigstück noch mehr Hunger. Der Himmel färbte sich hellorange, dann dunkel, bald würde es gewittern.

An der Haltestelle neben dem Tätowierstudio von Dan Moreira, am Ende der Via St.Barbara, stieg sie in den Bus, der nach Ponte Mammolo hinausfuhr, setzte sich, dachte an das Messer und an den Schnitt, hielt den Rucksack auf ihrem Schoß fest. Holte irgendwann die Postkarten heraus, wendete sie in der Hand hin und her und versuchte, sich Dein Gesicht vorzustellen, wie es sein würde, Dich zu sehen, Dir zu sagen: »Hier bin ich, jetzt ist alles gut.«

Eine halbe Stunde später hielt der Fahrer unter der blauen Überdachung des Terminals. Der Ticketschalter war geschlossen, die Abfahrt von der A1 nach Palestrina aus Sicherheitsgründen gesperrt, die Fahrbahn war vom Beben aufgerissen. An den Bahnsteigen sammelten sich Gruppen von Reisenden, ein paar Männer rauchten, daneben saßen Frauen mit karierten Plastikreisetaschen, zwei Rumäninnen trugen ihre Kinder auf der Hüfte und streckten den Wartenden vorwurfsvoll ihre leeren Hände entgegen. Sie setzte sich abseits an den Rand des Parkplatzes und klemmte den Rucksack zwischen die Knie.

Als Bugatti zurückkam, wartete eine Frau auf dem Flur vor seinem Büro. Nara Campieris Knöchel waren geschwollen, die Schuhe nur locker geschnürt. »Bugatti«, sagte Bugatti, löste den Blick von ihren Füßen und reichte ihr die Hand, »kommen Sie doch bitte herein.« Er schob ihr einen Stuhl hin und setzte sich hinter den Schreibtisch. »Sie sind wegen des Anrufs hier?« »Ja, das war ich.« Nara Campieri faltete die Hände im Schoß. »Wann genau haben Sie die Polizei verständigt? Und was war der Grund für Ihren Anruf?« Er ließ den Bürostuhl nach oben fahren, es zischte leise, er tippte das Datum und den Namen der Zeugin ins Protokollformular, er hatte immer noch Hunger. Schwalben stürzten sich am Fenster vorbei in die Mittagsluft. »Ich habe einen Schrei gehört. Das war am Sonntag, gegen siebzehn Uhr.« »So genau wissen Sie das?« »Ich hab immer den Fernseher laufen, wenn ich alleine bin.« »Und Sie sind sicher, dass der nicht aus einer der anderen Wohnungen kam, ein Nachbar vielleicht? Oder aus dem Fernseher?« Nara Campieri schüttelte den Kopf. »Nein, ganz gewiss nicht.« »Können Sie sagen, ob das eine Frau oder ein Mann gewesen ist? Oder vielleicht ein Tier, eine Katze vielleicht?« »Ein Tier?« Bugatti nickte. Nara Campieri knetete die Hände im Schoß. »Das war kein Tier.« »Ich möchte nur sichergehen. Wir haben in der letzten Zeit häufig Anrufe wegen Tieren.« Bugatti schwieg und starrte aus dem Fenster. Immer mehr Schwalben fielen durch den Himmel. Nara Campieri rutschte auf dem Stuhl hin und her. »Ich meine Marder«, sagte Bugatti, »oder Waschbären. Und wann genau haben Sie angerufen?« »Am nächsten Morgen, aber da waren alle Leitungen besetzt«, sie zog die Augenbrauen hoch, »es gibt keine Waschbären in Rom.« Bugatti hatte keine Lust auf eine Diskussion über Felltiere. »Und warum haben Sie so lange gewartet?« Nara Campieri senkte den Blick auf ihre Schuhe. »Es war ja nichts zu sehen, es ist ja nichts passiert.« »Ist Ihnen also sonst nichts aufgefallen?«, fragte Bugatti, »Erinnern Sie sich an jemanden, eine Person, die sich ungewöhnlich verhalten hat, ein Auto, eine Beobachtung, irgendetwas?« »Wonach suchen Sie denn?«

Bugatti seufzte. »Ich habe einen jungen Mann gesehen«, sagte Nara Campieri.

Sie erinnerte sich an ein Sweatshirt, an eine Mütze, an Turnschuhe, sah ganz genau vor sich, wie jemand die Straße zwischen den Gärten hinunterrannte, wie zwei Kinder ihm hinterher winkten.

»In Sweatshirt und Jeans. Er ist die Straße hinuntergerannt.« »Wann war das?« »Vielleicht gegen Ende der Tagesnachrichten?« Bugatti klickte auf das Drucker-Icon, surrend zog die Maschine zwei Blätter ein und spuckte sie nacheinander wieder aus, es roch nach Toner und warmem Papier. »Konnten Sie sein Gesicht sehen, würden Sie ihn wiedererkennen?« Bugatti zog das Foto der Suchmeldung aus der Akte und hielt es hoch. Nara schüttelte den Kopf. »Das ist ja ein Schwarzer.« »War das vielleicht der Mann, den Sie gesehen haben?« Nara schüttelte noch einmal den Kopf. »Ich weiß es nicht, vielleicht. Ich hab ihn ja nur von oben gesehen. Er ist auf der Straße vorbeigerannt, aber ich weiß nicht, von wo er kam oder warum er so gerannt ist, das weiß ich wirklich nicht.« Bugatti schob das Foto zurück in die Akte, druckte das Protokoll aus, hielt Nara einen Kugelschreiber hin. »Sollten wir noch Fragen haben, melden wir uns bei Ihnen«, sagte Bugatti. Nara Campieri unterzeichnete, stand auf, hielt ihre Jacke vor der Brust zu und ging hinaus.

Vor dem Gebäude stand ein Pferd mit dem Polizeiwappen auf der Satteltasche. Es war an einem niedrigen Pfosten angebunden und hielt den rechten Vorderhuf eingeknickt in die Luft, ohne sich zu bewegen.

Bugatti sah vom Fenster aus zu, wie Nara Campieri die Nüstern des Tieres streichelte. Das Pferd wischte den

Schweif von rechts nach links, die Frau zog erschrocken ihre Hand weg.

Als er sich umdrehte, stand Landolfi in der Tür und hob die Hand zum Gruß. Bugatti setzte sich hinter den Schreibtisch und wies auf den Stuhl, auf dem zuvor Nara Campieri gesessen hatte. Landolfi blieb stehen. »Sie haben etwas für mich.« Bugatti nickte, suchte in den Unterlagen nach den Formularen, fand sie nicht. »Einen Moment, bitte, setzen Sie sich doch«, sagte er. Bugatti druckte noch einmal die Seiten aus und las vor:

»Datum: 06.04.2009

Uhrzeit: ___.___ Uhr

Name: *Mara*

Geb.name: *keine Angaben*

Vorname(n): *Lucia*

Geb.datum: 31.07.1982

Geburtsort: *Ghenazzano, Provincia di Roma*

Wohnung: *Via degli Schiavoni/ Via St. Lucia*

Leichenschauort:

Tod festgestellt:

am 06.04.2009 gegen 7:00

Todesart: natürlich / nicht natürlich / nicht geklärt

Zuletzt behandelnder Arzt:

Klinische Todesursache:«

Bugatti machte eine Pause. »Ich habe ein paar Sachen schon ausgefüllt«, sagte er. »Dann füllen Sie doch auch den Rest aus«, erwiderte Landolfi. Bugatti sah ihn erstaunt an. »Das war ein Scherz.« Bugatti grinste und reichte ihm die Seiten über den Tisch. Landolfi überflog die Blätter:

Aufgefunden durch: *Bugatti, F.*

am 06.04.2009 um 7:20 Uhr
Leiche identifiziert durch: *Boverinto, Daniele*
Befunde/ Auffälligkeiten/ Umfeld
Totenstarre:
Kiefergelenk: noch schwach stark gelöst
Arme/Hände: nicht schwach stark gelöst
Beine/Füße: eingetr. schwach stark gelöst
Totenflecke: keine gering mittelmäßig stark
Farbe: hell dunkel blauviolett rot
Wegdrückbarkeit: leichter/stärker
Fingerkuppen-/-nageldruck
Verteilung: lageabhängig nicht lageabhängig nicht beurteilbar
evtl. Begründung:
Urinabgang: [ja] / [nein] Kotabgang: [ja] / [nein]
Ernährungszustand: sehr gut gut ausreichend schlecht
Pflegezustand: sehr gut gut ausreichend schlecht verwahrlost
Dekubitus(-i): [ja] / [nein] Lokalisation: Größe:
Schädeldach: kompakt abnorm beweglich
Kopfschwarte: unverletzt verletzt ggf. Lokalisation.

Landolfi faltete die Bögen zusammen. »Es gibt eine Übereinstimmung zwischen den DNA-Spuren und den Dateien«, sagte Bugatti »ein Mann, vorbestraft, die Suchmeldung ist schon raus. Aber die Fußspuren sind so lange nicht eindeutig zuzuordnen, bis der hier vor uns steht. Außerdem wird das Haus noch auf den Kopf gestellt.« Landolfi runzelte die Stirn. »Auf den Kopf gestellt? So ein Blödsinn«, er machte eine unbestimmte Handbewegung, das Papier raschelte, »das sind mehr Informationen, als ich haben möchte.« Er legte eine Hand auf die Türklinke, drehte sich noch einmal um. »Ich bin nur für den Körper der Toten zuständig. Sie verstehen, was ich meine.« Bugatti nickte. Landolfi dachte kurz über seine eigenen Worte nach und ging hinaus.

Im Auto roch es nach Duftbaumaroma. Marie hatte zwei Minze- Erdbeer-Tannenbäume an den Rückspiegel gehängt. Landolfi riss sie ab und warf sie aus dem Fenster. Die Tanknadel sprang ins Rot, als er den Motor startete.

Dienstag, 7. April 2009.
Rom. Ponte Mammolo. 09:25.

»Ich heiße Amanda.« Sie stellte die Rückenlehne des Beifahrersitzes so weit nach hinten, dass Landolfi den Kopf drehen musste, wenn er sie ansehen wollte. »Sie sollten tanken. Da hinten kommt eine.« Amanda machte eine Bewegung mit dem Kinn. »Eine was?«, fragte Landolfi. »Eine Tankstelle«, sagte sie, zog die Beine an und klemmte die Knie gegen das Handschuhfach.

Landolfi fuhr, bis der Tankanzeiger fast auf der linken Seite der roten Skala angekommen war. Er passierte die Autobahnzufahrt, entschied sich kurz vor der Gabelung doch für die Landstraße, die Schlangen an den Pedaggio-Häuschen waren ihm zu lang, Warnung vor Umleitungen liefen in grüner Schrift durch die elektronischen Anzeigetafeln über dem Ring. Gerade sprang die Uhr auf 09:30 um, Landolfi zählte die Sekunden bis zur nächsten Minute mit, bemüht, das Mädchen neben ihm nicht anzustarren.

Amanda hielt den Rucksack auf ihrem Schoß fest und sah aus dem Fenster. Sah, dass er schnell und aus der Stadt hinausfuhr, ohne Fragen zu stellen. Wiederholte im Kopf ihren Namen, so wie er auf dem Flugticket stand, bis er vertraut klang. Amanda. Amanda Borne. Amanda und Billy Borne.

Landolfi passierte zwei Kreisel, an der ersten Tankstelle hing das Agip-Schild schief, deshalb fuhr er weiter, noch war mindestens ein halber Millimeter Platz nach links auf der roten Skala, Benzin für ein paar Kilometer war noch im Tank. Eine Viertelstunde später bremste er ab, bog über die Gegenseite der Fahrbahn auf die Auffahrt der zweiten Tankstelle ein und hielt vor der Selbstbedienungssäule. Der Automat schluckte den Geldschein wider Erwarten sofort, auch die Tanksäule funktionierte. Landolfi beobachtete misstrauisch erst die Anzeige, dann das Mädchen, das in seinem Auto saß. Verwundert über das, was er sah. »Nicht Laura Harring, die andere«, das Mädchen ließ das Fenster hinunterfahren und legte den Kopf zur Seite. Landolfi meinte ihr Duschgel zu riechen, etwas Frisches, Herbes, aus einer blauen oder grünen Tube, Sportduschgel, vielleicht auch Männershampoo. »Wie bitte?«, sagte er. »Die andere«, wiederholte sie, »die Blonde, nicht Rita sondern Betty. Ich erinnere Sie an Betty.« Sie legte die Hände um das Gesicht, so dass ihre Haare verdeckt waren und schob das Kinn vor. Die Tankanzeige sprang auf 20 Euro, der Verschlussmechanismus klackte. Landolfi zog den Tankstutzen heraus und hängte ihn ein. Er machte eine kurze Bewegung mit dem Kopf, kein Nicken, die Geste geriet zu widerwillig. Sie grinste. »Das sagen alle, die mich zum ersten Mal sehen. Dabei mag ich Lynch-Filme nicht besonders.« Landolfi stieg ein. Sie ließ das Fenster hinauffahren und lehnte den Kopf an die Nackenstütze. »Bis wohin soll ich dich mitnehmen?« »Ganz egal. Wohin fahren Sie?«

Fast hätte Landolfi gesagt, dass er das selbst nicht wusste. Er hatte kein Ziel, sondern nur den Drang gehabt, aus der Stadt hinauszufahren, das Handy ausgeschaltet zu lassen, das Radio ausgeschaltet zu lassen, irgendwo auf der Strecke nach Ghenazzano zu Mittag zu essen, vielleicht im Volpe, das Restaurant lag versteckt zwischen den Weinbergen und war um diese Zeit meistens leer, die Gäste kamen erst am Abend. Danach zwei oder drei Caffè und Grappa, zurück, bevor der Feierabendverkehr den Autobahnring um die Stadt verstopfte, und bevor Marie seine Abwesenheit bemerken würde.

Er hatte Mühe gehabt, das Lenkrad festzuhalten, als er aus der Pathologie kam und durch die Stadt fuhr, seine Hände gehorchten ihm nicht, sie zitterten. Er hatte eine Straße verpasst, war falsch abgebogen und auf den Busbahnhof gefahren, um zu wenden. Für einen Moment hatte er die Idee gehabt, Claudia anzurufen, hatte es sofort wieder verworfen, hatte sich stattdessen eine Zigarette angezündet, den Rauch inhaliert und die Augen geschlossen. Das Rauschen in seinem Kopf wurde schwächer. Als er die Augen geöffnet hatte, hatte er die junge Frau an der Ausfahrt sitzen sehen.

Landolfi war langsam an den Wartenden auf dem Abfahrterminal des Busbahnhofs vorbeigefahren. Sie war aufgestanden und hatte ihm bedeutet anzuhalten. Er hatte noch einmal genauer hingesehen, hatte gebremst und sie angestarrt, sich mit der Hand über das Gesicht gewischt, als könnte er so das Bild vertreiben, das er sah:

Die Frau, die im Kühlraum der Pathologie lag, die das Rauschen in seine Ohren zurückgeholt hatte und ihm die Hände zittern ließ, öffnete die Tür der Beifahrerseite, setzte sich und lächelte ihm schüchtern zu. Sie hatte dieselbe Haarfarbe, war ähnlich schlank, vermutlich ein wenig jünger. Landolfi starrte sie an.

»Wohin fahren Sie?«, fragte sie noch einmal. »Noch ein

gutes Stück geradeaus«, antwortete Landolfi. »Dann nehmen Sie mich mit. Und wenn Sie abbiegen müssen, steige ich aus.«

Landolfi fuhr von der Tankstelle auf die Straße und trat auf das Gaspedal. Das Tachometer kletterte auf 110, 115, 120 km/h, keine Kreisel in Sicht, die Straße führte immer geradeaus, der Busterminal, an dem Landolfi sie aufgesammelt hatte, war bereits vier Kilometer entfernt. »Nein, Betty ist es nicht«, sagte Landolfi plötzlich. »Wer ist es jetzt?«, fragte Amanda. Landolfi schüttelte den Kopf. Rief sich das Gesicht der Toten in Erinnerung. Um das Mädchen neben ihm ansehen zu können, müsste er den Blick von der Fahrbahn nehmen, aber er registrierte auch so, dass sich etwas an ihr verändert hatte.

Er kippte den Rückspiegel schräg nach unten, so dass er einen Ausschnitt ihres Gesichts darin sehen konnte. Die Farbe der Haare war dunkler geworden, die Augen standen enger beieinander, der Kindermund glänzte rot. Landolfi überlegte einen Moment. »Mallory Knox? Naturale Borne Killers?« Sie schob das Kaugummi mit der Zunge hin und her und lachte. »You make every day feel like kindergarten!« Landolfi lachte auch und trat weiter auf das Gaspedal, 125, 130, 135 km/h. Er blinzelte, sah zur Seite, jetzt rahmte ein dunkler Pagenkopf ihr Gesicht ein. Sie trug ein enges Satinband um den Hals, ein weißes Feinrippunterhemd und sah ihn ernst aus großen Augen an. »Mathilda«, sagte Landolfi, »das ist zu einfach.« Sie schnalzte verärgert mit der Zunge. Landolfis Augen sprangen zwischen dem Bild im Spiegel, dem Mädchen neben ihm und der Straße hin und her. Ein Gesicht überlagerte das andere, im schnellen

Wechsel. Frauen, die er aus amerikanischen Filmen kannte. 160 km/h, die Aircondition hielt die eingestellten 19 Grad, trotzdem schwitzte Landolfi, schluckte trocken, schob entgegen aller Gewohnheit die Ärmel hoch, verstand nicht ganz, was da gerade passierte, beobachtete das Mädchen neben ihm. Sie zog sich eine blaue Ray Ban aus dem fisseligen Haar und setzte sie auf, zupfte den türkisen Wonderbra zurecht. Landolfi starrte einen Moment zu lange auf ihre rosafarbenen Leopardenleggins. Als er wieder aufsah, kräuselte sich die Fahrbahn wie die Oberfläche eines Sees, gleich würde das Auto darin eintauchen, unter der Oberfläche weiterschwimmen, einige Wellen auf dem Asphalt, das wäre dann alles.

»Why seems our world to be collapsing and why are our lifes so shitty?« Sie klatschte in die Hände, war plötzlich übermütig, fühlte sich sicher, neben dem Fremden mit den tätowierten Armen, ein Spiel, es war alles nur ein Spiel, dessen Ausgang sie selbst bestimmen konnte. »Sie antworten:«, sagte Amanda, »That's the way it goes. But don't forget: It goes the other way too.« Sie lachte. »True Romance. Sie sind nicht besonders romantisch, oder?« »Bestimmt nicht«, sagte er. Sie nickte. Ihr Englisch hatte keinen Akzent mehr, die Worte gingen ihr plötzlich leicht von den Lippen.

Landolfi fuhr immer weiter geradeaus, zwang sich, nach vorne zu sehen, irgendwann drehte er doch noch einmal den Kopf. Das Mädchen neben ihm auf dem Beifahrersitz schien zu schlafen. Sie hielt sich selbst im Arm, ihr Kopf war zur Seite gekippt, selbst im Schlaf hielt sie den Rucksack umklammert. Er nahm den Fuß vom Gas, 130, 100, 60 km/h.

Bei 20 km/h lenkte er an den nur mit einem weißen Streifen markierten Fahrbahnrand und blieb stehen.

Landolfi überlegte, ob er sie aufwecken und rauswerfen wollte, irgendjemand würde sie mitnehmen. Er merkte, wie ihm die Knie weich wurden, als er ausstieg und ein paar Schritte machte. Die Anhalterin sah jetzt wieder aus wie die Frau, die am Morgen auf der Bahre vor ihm gelegen hatte. Sie war das, was Landolfi manchmal noch im Schlaf vor sich sah, kurz, bevor er schweißgebadet erwachte: Eine der Toten wurde lebendig, anstelle des Fadens hatten sie eine glänzend weiße Narbe auf der Brust. Die kalte Haut wurde warm, wenn er sie berührte.

Er zwang sich, geradeaus zu schauen, versuchte den Horizont zu fixieren, ruhig zu atmen. Unter ihm das Beben, das er immer wieder zu spüren meinte, sobald er still auf einem Fleck stehen blieb. Landolfi schloss die Augen. Landolfi öffnete die Augen. Die Sonne stand sehr hoch. Kein Wind ging.

Landolfi würde ihr erklären, dass er es hasste, in Begleitung Auto zu fahren, dass er umkehren und sie zurück nach Rom bringen würde.

Das Mädchen hatte die Beifahrertür geöffnet und suchte etwas in ihrem Rucksack. »Steig aus«, sagte Landolfi. »Sie können hier nirgendwo abbiegen. Sie lassen mich erst an der nächsten Abbiegung raus. Das war die Abmachung.« »Wir haben keine Abmachung«, sagte Landolfi, »Du steigst jetzt besser aus.« Ihr Gesicht hatte auf einmal etwas Katzenhaftes, der Kopf war runder, die Wangenknochen betonter, das Haar fast weiß und verfilzt. Landolfi meinte die Adern unter der durchsichtigen Haut pulsieren zu sehen. »Sieh hin«, hatte Claudia geschrieben. Landolfi sah hin. Er streckte die

Hand aus und berührte Amanda an der Wange. Sie zuckte zurück, sah ihn verwundert an, drückte dann ihren Kopf in seine Handschale, lächelte. Landolfi griff in ihr Haar, schluckte, hielt ihren Kopf, eine Sekunde lang, wie fühlte sich die Haut einer Toten an – zwei Sekunden lang, wie wäre es, wenn er sich vorbeugen würde und sie –, drei Sekunden lang, wie würde sie schauen, wenn er sie mit beiden Händen –, vier Sekunden lang, dann entwand sie sich ihm, griff nach Landolfis Zigarettenschachtel, klopfte eine heraus und drückte den Anzünder.

Amanda rauchte, sah ihm nach, wie er ins Feld hinein und vor ihr davonlief, einen Abdruck seiner Hand auf ihrer Wange, langsam wich das Rot. Sie überlegte, das Messer aus dem Rucksack zu nehmen und unter die Fußmatte des Beifahrersitzes zu schieben. Sie schnippte die Kippe auf die Straße, stieg aus und folgte ihm. Als er stehen blieb, holte sie ihn ein, legte eine Hand in seinen Nacken, und ihre Berührung war sanft und ohne Hast. »Haben Sie das öfter? Sie zittern.«

Ab da ließ Landolfi sie fahren. Sie schaltete zu spät, lenkte mit nur einer Hand. Der Zeiger des Tachometers kletterte immer weiter nach rechts. Felder flossen an ihnen vorbei, Olivenbäume, vereinzelte Siedlungen mit neuen Häusern. Die Bergketten kamen näher, die Straße wand sich in Serpentinen hinauf, plötzlich Wald, dunkel, sattgrün und nass.

Für einen Moment musste er tatsächlich eingeschlafen sein. Als er aufschreckte, parkte das Auto auf einer Lichtung, die Fahrertür stand offen, das Mädchen war nirgendwo zu sehen, ihr Rucksack lag zu seinen Füßen. Landolfi blieb sitzen und wartete. Irgendwann erschien sie zwischen den Bäumen, stapfte mit gesenktem Kopf zum Wagen zurück, hockte sich auf der Beifahrerseite neben den Außenspiegel und betrachtete ihr Gesicht. Der Haaransatz am Scheitel war dunkler als das restliche Haar, vermutlich war es gefärbt. Landolfi griff hinüber und zog die Fahrertür zu, nahm den Schlüssel, stieg aus und ließ die automatische Türverriegelung einrasten. »Entschuldige«, sagte Landolfi, »ich habe deinen Namen vergessen.« »Amanda Borne«, sagte sie, »Amanda.« »Landolfi«, sagte er, »Andrea. Bist du Engländerin?« Sie schüttelte den Kopf. »Aber Du hast einen englischen Namen.« »Amerikanischen«, verbesserte sie ihn. »Das heißt, du kommst nicht aus Italien? Aber du sprichst ohne Akzent.« »Sie hören ihn nicht«, unterbrach Amanda ihn, »und wer sind Sie, Landolfi?« »Was mein Beruf ist?«

Sie zuckte mit den Schultern. »Pathologe«, sagte er.

Sie lief einige Schritte in den Wald hinein und drehte sich nach ihm um, vergewisserte sich, dass er ihr folgte.

Der Weg war abschüssig und verlief in Kurven zwischen den Baumstämmen hindurch; immer dichtere Moosschichten auf den Baumrinden. Das Wasserrauschen wurde stärker, je tiefer sie kamen. »Was machen wir hier, Amanda?« Sie antwortete nicht, hielt den Kopf ein wenig schräg, ihre Schritte dumpf auf dem weichen Waldboden.

Der See war klein, der Wasserfall stürzte sich aus über zwanzig Metern hinunter, oben auf den Felsen lag ein Kloster. Amanda kannte die Steinbrüstung, die durch die Baumkronen schimmerte. Auf dem Grund des Sees lagen flach geschliffene Steine.

Landolfi beugte sich vor und streckte die Hand ins Wasser.

Die Kälte durchfuhr ihn, als hätte er sich verbrannt, strömte sekundenschnell in seinen Körper, erschrocken zog er die Hand zurück und setzte sich auf einen Felsbrocken. Amanda setzte sich neben ihn. Ihre Arme berührten sich.

Das Wasser hörte nicht auf zu fallen, der Vorhang öffnete sich nicht und gab auch nicht den Blick auf eine Grotte dahinter frei, auch wenn Landolfi das irgendwie erwartete, je länger er in die Wasserwand starrte.

Amanda hob den Kopf. »Was ist heute für ein Tag?« »Dienstag.« Amanda ließ den Kopf nach vorne fallen, machte den Rücken krumm und schlang ihre Arme um die Beine. »Wenn Sie Pathologe sind, haben Sie mit Toten zu tun.« »Ja.« Sie kicherte. Erst lautlos und hechelnd, dann begann sie zu lachen, hysterisch und ohne Pause. Landolfi sah sie an. Amanda kippte zur Seite und krümmte sich auf dem Boden zusammen, zitterte. Das Blut auf dem Laken, dem Waldboden; das Moos färbte sich dunkel. Dann rührte sie sich nicht mehr.

Das Wasser plätscherte nur noch. Der See war trüb, auf dem Grund waberten Algen. Landolfi ging in die Knie, nahm Amanda auf den Arm, sie war erstaunlich schwer, ihr Kopf hing reglos hintenüber.

Landolfi schaffte es, ohne sie abzulegen, nach dem Autoschlüssel in seiner Hosentasche zu angeln, die Lichter blinkten auf, er ging in die Knie, öffnete mit zwei Fingern die Beifahrertür, schob sie mit dem Ellenbogen auf. Amandas Füße schlugen gegen das Auto. Er setzte sie ab, ihr Kopf kippte nach vorne, und der Körper rutschte zur Seite, als er vorsichtig die Tür zudrückte. Kurz überlegte er in ihrem Rucksack nach einem Portemonnaie, nach einem Ausweis, nach einer Adresse zu suchen, zu der er sie fahren konnte. Amanda stöhnte leise. Landolfi warf den Rucksack auf die Rückbank. Er stieg ein, beugte sich nah zu ihr, sein Atem berührte ihre Wange. Er betrachtete ihr Gesicht und versuchte etwas darin zu erkennen, das ihm wirklich fremd war, küsste sie auf die Wange, nah an ihren Mund, auf die Stirn, den Hals. Lehnte sich zurück. Sie bewegte sich nicht. Das Rauschen in den Ohren, das er erwartet hatte, blieb aus. Landolfi schaltete das Licht an und wendete den Wagen.

Landolfi passierte mehrere Häuseransammlungen, Olivenhaine, die, je südlicher sie kamen, dem dünnen Baumbestand der Hochtäler wichen. Es dämmerte bereits. Schafherden, vereinzelte Büffel. Amanda setzte sich auf. »Lassen Sie mich raus.« »Da vorne kommt eine Kirche, da gibt es ein Dorf und bestimmt eine Bushaltestelle.«

Der Vorplatz war mit Laternen umstellt, einige Autos parkten an der Straße, die Messe hatte gerade begonnen. Landolfi hörte Orgelmusik, als er anhielt und Amanda aussteigen ließ.

Als er wendete und im Rückspiegel nach dem Mädchen suchte, war der Kirchenvorplatz leer.

Er schaltete sein Handy ein, legte es auf den Beifahrersitz und ließ das Fenster hinunterfahren, die Luft war kühl und feucht. Er fuhr dieselbe Strecke zurück, die sie gekommen waren, das Telefon fand kein Netz. Landolfi überlegte, im nächsten Dorf an einer Bar zu halten und Marie anzurufen, ihr von seiner Begegnung zu erzählen, ließ es dann aber bleiben. Die Straße vor ihm war unbeleuchtet, die Scheinwerferkegel unnatürlich weiß.

Kurz vor Rom erschien das TIM-Logo auf dem Display. Landolfi zündete sich eine Zigarette an und wählte nicht Maries, sondern Claudias Nummer. Sie drückte den Anruf weg. Ein Aschestab zerfiel auf Landolfis Hose, er wischte ihn mit einer achtlosen Bewegung vom Stoff. Ein grauer Streifen blieb, und die Stille in Landolfis und Amandas, in Deinem und in meinem Kopf.

2000–2008

Freitag, 5. April 2000.
King County Jail. 15:00.

»Ich hab dir erst eine Postkarte geschickt«, sagte Billy und schob seine Brille hoch. Amanda spuckte das Kaugummi in ihre Handinnenfläche und wischte sich mit der anderen über den Mund. Sie müsste nur die Hand über den Tisch ausstrecken, um das rosafarbene Gummi auf eines der Brillengläser zu drücken, oder das Bein unter dem Tisch, um einmal schnell und kräftig zuzutreten. Billys T-Shirt war blau, die Hose grau, er hatte etwas zugenommen, zwei, drei Kilo vielleicht, sein Haar war kurz geschnitten, an den Seiten auf wenige Millimeter rasiert. Ihr Flug nach Europa ging in fünf Stunden, sie hatte das Ticket in der Hosentasche. Billys Hände wischten unruhig über die blanke Metalloberfläche des Tisches, die Wände waren ockerfarben lackiert, die Sitzbänke am Boden festgeschraubt. Billy drehte die Hände um und besah sich die Innenflächen. »Aber wenn du willst, schreibe ich dir noch mal.« Er legte seine Hände zurück auf den Tisch und spreizte die Finger. »Dabei bist du jetzt dran. Wir müssen innerlich sauber sein und äußerlich blitzblank und rein, hab ich recht?«

»Ich gehe jetzt«, sagte Amanda, stand auf und ging zur Tür hinüber, hinter der der Wachmann stand.

»Ich pass auf dich auf, Amanda«, sagte Billy und drehte sich nach ihr um. Das Licht der vergitterten Lampen unter der Decke spiegelte sich in Billys Brillengläsern, so dass sie seine Augen nicht sehen konnte. »Und was machst du jetzt, Amanda?«, fragte Billy.

Der Wachmann öffnete die Tür und ließ sie hinaus.

Der Schatten des Flugzeugs zog als grauer Schleier über die Wolken. Amanda ließ den Stift sinken, mit dem sie das Gelesene auf den Seiten ihres Notizbuches durchstrich, und sah auf die Wolkendecke hinunter. Die Stewardess scherzte mit dem Servicebegleiter, wies die Passagiere an, die Fensterklappen herunterzuziehen und dimmte das Licht auf Nachtmodus. Auf der elektronischen Landkarte über ihren Köpfen leuchtete ein hellblauer Punkt auf, der sich auf die andere Seite des Ozeans zu bewegte. Amanda zog einen neuen Kaugummistreifen aus dem Silberpapier und begann einen Fächer zu falten. Knicken, knicken, knicken, knicken, knicken, fünfmal, das war einmal zu wenig. Die Stewardess brachte Schwarztee in Plastikbechern, Zuckertütchen mit dem Aufdruck der Airline, eine blasse Zitronenscheibe in einem Plastikschälchen mit Plastiklöffelchen. Amanda verbrannte sich die Zunge beim ersten Schluck. Ihr Sitznachbar war, noch bevor das Flugzeug das Rollfeld erreicht hatte, eingeschlafen. Vor ihm stand ein Becher mit Tomatensaft, Salz und Wodka. Amanda griff danach und kippte das Getränk schnell hinunter, schob sich ein neues Kaugummi in den Mund, nahm den Stift und strich die nächsten Seiten aus.

~~Wir könnten auch alleine ausgehen, nur Du und ich, mit einer Taschenlampe und einer Zigarette, ganz in Ruhe, aber ich habe Angst, dass Gott hört, was ich Dir erzähle. Ich möchte wetten, dass ich nie den Mann kriege, den ich will,~~

~~weil er, sobald er mich küsst, merkt, dass ich eine Verrückte bin, das wäre entsetzlich traurig. Und Mom schenkt mir immer noch Stofftiere zum Geburtstag, das ist so demütigend. [02. Januar 1997]~~

~~Eine Tonne weißen, feinen Schnee, der mich ganz bedeckt!~~

~~Traum: Ich stehe ganz nah neben ihnen und brülle ihnen ins Gesicht, aber niemand antwortet, und als ich mich umdrehe, kann ich durch sie hindurchgehen, wie lustig, einfach so, ich habe überhaupt nichts mehr dargestellt. Das ist alles, nur das. [16. Dezember 1997]~~

Die Messingfiguren auf dem Fensterbrett von Amandas Kinderzimmer schimmerten grün. Feuchtigkeit schlug sich an der Scheibe nieder, ein dünnes Rinnsal entlang des Holzbrettes, auf dem die zwei mageren Hunde standen und ihre Schnauzen in den Wind streckten. Der Umzugswagen vor der Tür fuhr die Ladeklappe aus. Vier Männer begannen damit, Kisten und Möbel in das leere Untergeschoss des Hauses zu tragen.

Die neuen Besitzer kamen aus einer Stadt vier Staaten weiter nördlich. Sie kannten den örtlichen Tanzverein noch nicht, in dem Billys Mutter Tango-Stunden genommen hatte, auch an Joe's Liquor und am Trailerpark waren sie nur zweimal mit dem Auto vorbeigefahren. Der Makler ging hinunter, um das Schild seiner Agentur zu entfernen. Zwei Kinder rannten ihm entgegen und an ihm vorbei ins Haus hinein.

Amanda drehte den Fächer aus Kaugummipapier zwischen den Fingerspitzen hin und her, knüllte ihn zusammen, schob das Notizbuch in die Tasche des Vordersitzes und stopfte die Decke um ihre Knie fest. Sie lehnte den Kopf gegen die Plastikverkleidung und schloss die Augen. Unter ihr der Flugzeugboden, die Wolkendecke, darunter das Nichts, Luft, dann irgendwann Wasser, der Meeresboden, der Mantel, Litosphäre, Asthenosphäre, ganz in der Tiefe die flüssige äußere Kernhülle, und darin, 6378 Kilometer tief, der feste Kern, das Innerste der Welt.

Erinnerst Du dich, wie sie uns Notfallrucksäcke gekauft haben, weil sie dachten, bald ginge die Welt unter? Wir haben mit den Notfalltaschenlampen unter den Notfalldecken gesessen und uns Gruselgeschichten erzählt. Die Notfallmüsliriegel haben nach toter Ratte geschmeckt, die Notfallschokolade ging in Ordnung, der getrocknete Notfallspeck war so salzig, dass wir die ganzen Notfallbrausetabletten mit Vitamin-C-Zusatz auf einmal in einem Krug aufgelöst haben. Die Welt ist immer noch nicht untergegangen. Was machst Du, damit die Erinnerung an uns gut wird?

[Postkarte, 05.04.2001]

Mittwoch, 5. September 2001.
Ilawoh. 12:30.

Die Schattenrisse der zwei Palmen im Vorgarten bewegten sich im Wind hin und her. Gordon breitete die Zeitung auf dem Tisch aus, stellte die Tüte von Tacobell ab, holte mit der einen Hand Burritos, verschiedene Soßenpäckchen und French Fries heraus, griff mit der anderen Hand nach der Fernbedienung und klickte sich durch das Programm, bis er Monicas »Single hearts will be happy«-Show gefunden hatte. Die Rufnummer blinkte am unteren Bildschirmrand. Gordon zog die Jacke aus, überlegte kurz das Pistolenhalfter abzulegen, aber da erschien bereits das Bild des Mädchens, das er jede Woche um diese Zeit an seinem freien Tag im Fernsehen sah. Er ließ sich auf das Sofa fallen, tauschte die Fernbedienung gegen das Telefon, verwählte sich, tippte ein zweites Mal. »Hallo?«, sagte er und erschrak, als seine eigene Stimme ihm aus dem Fernseher antwortete. »Hallo?« Monica hielt lächelnd einen Finger an den Knopf in ihrem Ohr. »Mit wem spreche ich?« »Gordon«, sagte Gordon. »Hallo Gordon, wie geht es dir? Würdest du bitte den Fernseher leiser stellen, damit wir dich besser verstehen können? Das wäre ganz toll.« Der Officer nickte, das Symbol eines durchgestrichenen Lautsprechers erschien über Monicas Gesicht und verblasste in Zeitlupe. »Gordon, wie geht es dir, was machst du gerade?« »Danke, mir geht es gut und wie geht es dir?« »Danke, mir geht es gut und wie geht es dir?«, echote

Monica. »Ich bin ein wenig nervös.« »Du bist im Fernsehen, auch wenn wir dich nicht sehen können, ist das nicht lustig, ist das dein erstes Mal, Gordon, was machst du von Beruf und wie war dein Tag, erzähl doch ein wenig von dir?« Monica schien nicht zu atmen zwischen den einzelnen Sätzen. Wenn doch, dann hatte sie vielleicht unsichtbare Kiemen an ihrem langen Hals. Gordon räusperte sich, das waren zu viele Fragen auf einmal. »Nein«, sagte er, »das ist nicht mein erstes Mal.« »Ach, wie aufregend.« »Ich bin Officer«, sagte Gordon. »Ach, wie aufregend, da bist du bestimmt schon mal im Fernsehen gewesen.« Monica lachte schrill und zeigte ihre makellosen Zähne. »Ich würde Sie gerne kennenlernen.« »Mich?« Monica blinkerte mit den aufgeklebten Wimpern. Ihre kalifornische Sonnenbräune schien mit jeder Minute nachzudunkeln, wahrscheinlich benutzten sie anstelle von Scheinwerfern Tanninglampen im Studio, das Licht hatte, wenn man genau hinsah, einen Blaustich, den Gordon nur aus dem Solarium kannte. »Nein. Also ja. Natürlich auch«, Gordon stockte. »Aaahh, ich mache doch nur Spaß. Dann erzähl uns mal, warum du Annabell kennenlernen möchtest, sie ist live dabei und hört alles mit, du hast genau eine Minute, danach wird sie auf die rote oder grüne Lampe drücken, und du erfährst sofort, ob du eine Chance bei ihr hast oder nicht, also los.« Gordon hielt den Telefonhörer fest und schloss die Augen. Sie hieß Amanda, nicht Annabell, Monica hatte sich versprochen.

Als er die Augen öffnete, wedelte die Frau mit der Hand und winkte ihm zu. Amandas Foto neben Monicas Kopf nahm jetzt die Hälfte des Bildschirms ein, blondes ungekämmtes Haar, Sommersprossen. Gordon beugte sich über den Tisch und kniff die Augen zusammen. Das Mädchen auf dem Foto hob die Arme und streckte ihm die nackten Handgelenke entgegen. »Sie können mich jetzt festnehmen«, sagte die Stimme in seinem Kopf. Monica nickte jemandem in der Regie zu. »Gordon, bist du noch dran? Du musst etwas sagen.« »Wir sind uns schon einmal begegnet, ich träume nachts von dir.« »Ah, das ist romantisch, Gordon.« Amanda grinste und nickte zufrieden, das grüne Licht über dem Foto leuchtete auf. »Herzlichen Glückwunsch, du hast ein Candlelight-Dinner mit Annabell gewonnen, Gordon, bitte bleib noch kurz in der Leitung, damit wir deine Daten aufnehmen können, während ich schon mit dem nächsten Kandidaten spreche, ja, hallo, wer ist denn da, hier ist Monica von Single-hearts-will-be-happy, wie schön, dass du anrufst, wie geht es dir, wie war dein Tag und was machst du gerade, erzähl uns doch ein bisschen von dir?« Gordon ließ den Hörer sinken. Amanda war verschwunden. Ihr Foto war gegen das einer pummeligen Mexikanerin getauscht.

Gordon stand auf, stellte den Fernseher aus und zog seine Jacke an. Er ließ das Essen auf dem Tisch liegen, öffnete die Haustür und trat hinaus. Der Wind zerrte an den vertrockneten Palmenblättern, es raschelte.

Vor mehr als drei Jahren hatte er Amandas Bruder zur Verhandlung gefahren. Ein Jahr später trennte sich seine Frau von ihm, und Gordon hatte sich nach Ilawoh versetzen lassen, das Klima war hier angenehmer. »Amanda Borne«, sagte er laut, »Amanda und Billy Borne.« Er schüttelte erstaunt über sich den Kopf.

Die Beifahrertür des Pick-ups war nur angelehnt. Er ging zum Auto hinüber, schlug sie zu und lehnte sich an das warme Blech. In den letzten Wochen träumte er schlecht. Er begegnete Menschen, die nicht mehr lebten. Die Träume waren nur kurz, und oft lag er den Rest der Nacht wach und wartete, dass es dämmerte, damit er endlich Kaffee kochen und die Zeitung lesen konnte.

Ein halbes Jahr nach der Gerichtsverhandlung hatte er Elisabeth Carstensen im Diner getroffen und sie zu Pancakes eingeladen. Amandas Pflegemutter sah verbraucht aus, aber nicht unattraktiv. Die Falten um ihren Mund waren tiefer, die Beine sonnengebräunter, als er sie in Erinnerung gehabt hatte. Als er im Auto ihren Slip auszog, öffnete sie sehr selbstverständlich die Beine und drückte seinen Kopf hinunter. Gordon lächelte. Die Palmen raschelten. Ein kurzer Spuk, der am nächsten Morgen bereits vergessen war.

Gordon ging zurück ins Haus, aß die kalten Burritos und legte sich auf das Sofa.

Im zwanzig Autostunden entfernten Carnation City hielten am Mittag ein Polizeiwagen und ein Auto der örtlichen Straßenbaufirma vor dem Borne-Haus. Ein zweites Mal wurde Absperrband um das Rasenstück neben dem Haus gezogen, und zwei Männer machten sich daran, den Boden umzugraben. Eine Nachbarin hatte die Polizei informiert, dass der Rasen voller Kinderleichen sei, aus deren Bäuchen das Gras wachse. Man erkenne es zweifelsfrei an der unterschiedlichen Farbgebung der Halme. Das unnatürlich frische Grün, dort müssten die Gräber sein, kein Pflanzenwuchsmittel könne eine solche Farbe hervorrufen. Gordons Nachfolger hatte Geduld und fühlte sich unwohl, als er den Namen Borne hörte. Er schickte einen Wagen vorbei. Ein Mann im Gärtneroverall begann unter der Aufsicht des Polizisten damit, den Rasen umzugraben, aber die halbverwesten Kadaver zweier winziger Chihuahuas waren das Einzige, was er zutage beförderte.

Am Abend saßen die Töchter der neuen Hausbesitzer auf der Eingangstreppe und aßen Zitroneneis mit Früchtetoppings und Cheesecakechips, während ihr Vater die letzten Erdhaufen mit der Schaufel glättete.

Phoenix Holiday Diner. Ich werde dort sein und warten, dass Du zur Tür hereinkommst. Sie haben T-Bone-Steaks. Eine Kellnerin mit Perücke serviert das Essen auf Rollschuhen. Vor der Tür liegt ein Hund. Der Bus mit den anderen Verrückten wartet draußen vor der Tür. Sie trauen sich nicht hinein. Der Hund hebt manchmal den Kopf und schaut mich an. Er hat mich schon beim ersten Mal erkannt, als ich über ihn drübergestiegen bin, da hat er sich auf die Seite gedreht und mir sein schmutziges Bauchfell gezeigt, die rosa Haut, die durch die Zotteln schimmert. Was machst Du, damit die Erinnerung an uns gut wird?

[Postkarte, 05.04.2002]

Weißt Du noch, wie der ältere Nachbarssohn als Babysitter vorbeikam? Ich habe ihm erzählt, mein Löwe würde nachts lebendig werden, in die Träume seiner Freundin eindringen und sie debil machen. Er hat mir geglaubt. Was machst Du, damit die Erinnerung gut wird?

[Postkarte, 05.04.2003]

Ich hab geträumt, Du hättest ein Tattoo. Du hast es herausgeschnitten und mir geschenkt. Du hast es in Luftpolsterfolie verpackt und mir mit der Post hierher geschickt. Das ist doch eine gute Idee.

Was machst Du, damit die Erinnerung gut wird?

[Postkarte, 05.04.2004]

Niemand kann mich sehen und ich kann nicht hinausschauen. Beweg dich nicht. Schrei nicht. Schlaf nicht ein. Fall nicht um, wenn Du die Augen schließt und an mich denkst. Sonst werden sie Dich finden. Was machst Du, damit die Erinnerung an uns gut wird?

[Postkarte, 05.04.2005]

Wir zwei: Manchmal höre ich unsere Echos, die im Zimmer hin und her geworfen werden. Die Stimmen, die sie gerufen haben, sind nicht verstummt, sondern antworten ununterbrochen ihren Zwillingen. Bevor ich Dir erzähle, was sie sagen, musst Du zurückkommen und Dich hier neben mich setzen, Amanda. Was machst Du also, damit die Erinnerung gut wird?

[Postkarte, 05.04.2006]

Warum antwortest Du nicht? Ich habe keine Lust mehr, Dir zu schreiben. Ich hasse es. Aber ich brauche eine Verbindung zu Dir. Ich muss aufgeladen werden mit Dir. Mach Dir keine Sorgen, es geht mir gut. Aber Du machst Dir keine Sorgen. Du denkst gar nicht an mich. Was machst Du, damit die Erinnerung gut wird?

[Postkarte, 05.04.2007*]*

Wir werden es warm haben. Das verspreche ich Dir. Hier herrscht nur eine Jahreszeit, das ganze Jahr über. Was wirst Du machen, damit die Erinnerung an uns gut wird?

[Postkarte, 05.04.2008]

2009

Dienstag, 7. April 2009.
Olma. 23:00.

Die Notleuchten erhellten nur vereinzelt den Boden. Wie Schorf ragten die abgedeckten Überreste der Kirche aus den Trümmern hervor. Amanda war unter der Absperrung hindurch getaucht, war weitergelaufen, bis sie plötzlich im Licht der Räum- und Rettungskräfte stand und die Wunde sah, die das Beben gerissen hatte. Hausabbruchkanten, Draht, Stahlträger, geöffnete Zimmer. Generatoren versorgten die Zelte und Übertragungswagen der Fernsehsender außerhalb der Absperrungen mit Strom. Eine Reporterin sagte immer wieder Datum, Uhrzeit und Opferzahlen in das gelbe Mikrophon: »Es ist der siebte April zweitausendundneun, kurz nach sechs Uhr am Abend, den neuesten Schätzungen zufolge …«, Amanda blieb stehen. Das Wohnzimmer hinter ihr war fast unversehrt. Kinderspielzeug lag herum, auf dem niedrigen Tisch vor dem Sofa standen zwei Teller, aber die Tür zur Küche führte ins Leere. Amanda konnte nicht aufhören hinzusehen. Sie kannte die Stadt, die Straßen, das Kloster auf der Anhöhe, mit dem großen Parkplatz davor und dem in den siebziger Jahren neu gebauten Schulgebäude, das jetzt einfach in sich zusammengefallen war. Fast fühlte sie sich in Sicherheit zwischen den Rettungskräften und Suchhunden. Sie bückte sich und griff wahllos nach einem Stein. Die Bruchkanten schnitten ihr in die Hand, als sie die Finger zur Faust schloss. Vor ihr schlugen zwei

Suchhunde an. Ein schwaches Nachbeben ließ die Sirenen loskreischen. Die Risse brachen weiter auf, es bröckelte und krachte. Jemand packte sie am Arm, zog sie von der Hauswand weg, schubste sie in Richtung der Absperrung zurück, sagte etwas auf Italienisch, was sie nicht verstand. Amanda sah den Fuchs nicht, der ganz in ihrer Nähe gewartet hatte. Das Tier sprang auf und folgte ihr, während sie in Richtung der blauen Zelte davonlief.

Amanda schlug die Plane am Eingang zur Seite, die Notunterkunft war geräumiger, als sie gedacht hatte, mindestens achtzig Feldbetten, vielleicht auch mehr, die meisten davon waren besetzt. Eine Frau mit einem Bilderrahmen unter dem Arm, andere mit Tüten voller Kleider, ein Mann mit einem Kofferradio, ein Kind mit einem Schaufelbagger. Niemand drehte sich nach ihr um. Der Mann am Eingang hatte einen festen Händedruck, seine Trainingshosen waren ausgebeult, auf seinen Wangen und dem kahlen Schädel sammelten sich Altersflecken um zwei breite Narben. Er sagte etwas zu ihr, fragte etwas, Amanda verstand ihn nicht, war sich nicht sicher, sah ihn an, schüttelte den Kopf. Der Mann hob die Hand und deutete auf eines der letzten freien Bettenlager.

Draußen bellten die Suchhunde. Im Zelt war es gespenstisch ruhig. Amanda warf ihren Rucksack als Kopfkissen auf das Bett.

Der Fuchs hockte unter einem Übertragungswagen und behielt den Zelteingang im Blick. Sein Fell sträubte sich, der schwarze Strich auf dem Rücken zuckte nervös.

Mittwoch, 8. April 2009.
City-Night-Line 484.
*Roma Termini – München Hbf. (via Fir.*SMNBologna C.le*Verona P. N.*Brennero*Kufstein).* 00:30.

Diman zog das Fenster hinunter und hielt den Kopf in den Fahrtwind. Regen wurde in die enge Kabine der Zugtoilette getrieben und nässte sein T-Shirt, das er seit zwei Tagen nicht gewechselt hatte. Er roch nach kaltem Rauch, nach Alkohol, den ihm jemand übergeschüttet hatte, als ihm beim Anblick der nur mit knappen Sporthöschen und Klebestreifen über den Brüsten bekleideten Tänzerinnen schlecht geworden war und er sich durch die Menge einen Weg nach draußen gebahnt hatte. Das Leuchtschild des Testaccio-Inn über der Fabrikhalle hatte schwach in der Dunkelheit geleuchtet. Auf der anderen Seite ragte das runde Eisengestell des Gasometers in den Nachthimmel. Die Übelkeit hatte sich als Klumpen in seinem Magen eingenistet. Der Geruch nach Erbrochenem am Straßenrand, nach Katzenpisse, später nach regennassem Asphalt. Immer wieder sah er den offenen Hals der Toten vor sich. Versuchte, sich die Frau, die das Haus verlassen hatte, in Erinnerung zu rufen und fragte sich, wo sie jetzt war und ob sie ihn gesehen hatte.

Aus Versehen trat er mit dem Fuß auf die Klospülung. Jemand klopfte an die Tür. Diman öffnete, aber der Gang war leer. Beleuchtete Hallen, Häuser, Straßen zogen vorbei, sie waren erst zwei Stunden von Rom entfernt. Diman zog ein Papierhandtuch aus dem Spender und putzte sich die Nase. Ein Gegenzug knallte vorbei, das Rattern der Räder auf den Gleisen. Im Korridor wurden Koffer vorbeigeschoben, dumpf stießen Schultern gegen die Tür, Stimmen. »Prossima Stazione … Firenze, uscita a ladro … destra. Next station … Florence. Nächster Halt … Florenz, Ausstieg … rechts.« Der Lautsprecher knackte. In der Ferne leuchteten die Kuppeln des Doms. Der Regen wurde stärker, binnen weniger Minuten stand Diman in einer Pfütze. Er schob das Fenster hoch, klappte den Klodeckel hinunter und setzte sich. Die Tür war nicht verriegelt.

Gegen drei Uhr fuhr der Zug über die Grenze. Die Kontrolleure passierten den Korridor. Diman trank das Wasser zum Händewaschen. An der nächsten Haltestelle sah er, wie sie einen Araber mit buntkarierten Plastiktüten aus einem Abteil holten.

Gegen fünf Uhr morgens rutschte er in einen leichten Schlaf hinüber, der ihm vorgaukelte, an Deck eines Schiffes zu stehen. Der Blick glitt über die Meeresoberfläche. Wenn er versuchte, den Horizont zu fixieren, verschwamm die Grenze zwischen Wasser und Himmel. Diman drehte sich um und stand vor einem orangefarbenen Berg von überreifen Früchten. Er nahm eine Frucht, ritzte mit dem Daumennagel die Schale ein, sog das weiche glibberige Fleisch aus, spuckte einige bittere Fasern aus. Im Zeitraffer begannen die Früchte zu faulen, der süße Gestank nahm ihm den Atem. Dimans Magen drehte sich um.

Er erwachte auf dem Boden der Zugtoilette, eingeklemmt zwischen Klo und Tür, die jemand schimpfend von außen gegen sein Knie drückte. Diman zog sich am Waschbecken hoch, wischte sich über das Gesicht und trat auf den Gang. Ein Mann drängte sich ungeduldig an ihm vorbei.

Vor den Fenstern zogen jetzt Berge, ein Fluss, nasse Wiesen vorüber. Diman tastete nach dem Handy und den Geldscheinen, überschlug im Kopf, wie viel er bereits ausgegeben hatte und versuchte sich zu erinnern, wie er an den Bahnhof gekommen war, wusste nur noch, dass er ziellos durch die Stadt gelaufen war, immer auf der Hut, wenn irgendwo Polizeisirenen erklangen. Dass er auf einmal vor dem grauen Betonkomplex des Termini gestanden hatte, an den hell erleuchteten Schaufenstern der Geschäfte im Untergeschoss vorbeigelaufen war und dass er dann, ohne nachzudenken, in den deutschen City-Night-Liner gestiegen war, der abfahrbereit auf Gleis 9 stand.

Bis München waren es noch fünfundvierzig Minuten.

Als der Zug in den langgestreckten Bahnhof einfuhr, wartete er zwischen den anderen Reisenden. Hauptsächlich Deutsche und Österreicher, nur wenige Italiener. Vor ihm standen zwei Frauen mit Schlaffalten im Gesicht. Diman reichte ihnen drei Koffer hinunter auf das Gleis. In München war es kalt. Er lief los, den schnurgeraden Bahnsteig hinunter, durch die Bahnhofshalle, vorbei an der Eisenbrücke, die zu einem Burger King in der oberen Etage führte, und hinaus zu den Taxiständen. Auf dem Vorplatz lächelte ihm eine Brezenverkäuferin zu, die ihre Dreadlocks unter einem karierten Tuch versteckte. Diman bog wahllos in eine der Straßen ab, Leuchtreklamen für Pornovideos und Stundenhotels, dazwischen Bankfilialen, Apotheken, Bäcker. Das fremde Handy in seiner Jackentasche vibrierte zweimal, dann sprang die Mailbox an. Er überlegte einen Freund anzurufen, der ihm helfen könnte, noch war der Akku halbvoll. Er tippte die Nummer ein, löschte sie, war sich nicht sicher, ob der überhaupt in München war oder in irgendeiner anderen deutschen Stadt, steckte das Telefon weg. An einem Kiosk kaufte er eine Flasche Cola light und eine Tüte mit Milchbrötchen. Zur Isar waren es 3 km, das Schild mit dem Wellensymbol zeigte geradeaus die Straße hinunter.

Mittwoch, 8. April 2009.
Rom. Trastevere. 16:00.

http://www.ventiminuti.online.it/print/story/591/12:21:

Rom: Am Montagmorgen wurde in einer Wohnung in der Via St. Lucia die Leiche einer jungen Frau gefunden. Dem Opfer ist mit einem 10–20 Zentimeter langen Küchenmesser der Hals geöffnet worden. Dies wurde während einer kurzen Pressekonferenz am Morgen bekannt gegeben. Kriminalpathologe A. Landolti gab als Todeszeitpunkt den frühen Abend des vorigen Tages an. Derzeit wird von einem Raubüberfall ausgegangen. Der Mörder hat das Opfer zugedeckt und ist danach durch das zuvor von außen eingeschlagene Fenster geflohen. Kriminaltechniker konnten Blutspuren im Korridor des Hauses und Fußabdrücke im Schlafzimmer mit Luminol sichern. »Nimmt man die Maße zwischen Ferse und Zehe und zwischen Zehe und Fußbogen, haben wir ein erstes, sehr genaues Profil des Täters«, so der zuständige Kriminaltechniker. Weitere Spuren werden derzeit noch ausgewertet. Die Polizei ruft zur Mithilfe auf. Zeugenaussagen werden unter der Nummer 06–77 873 entgegengenommen.

® lucentedavide@ventiminuti.online.it

Landolfi überflog im Gehen die kurze Meldung, die Carla ihm ausgedruckt hatte, faltete sie zusammen und steckte sie in die Jackentasche. Sein Name war falsch geschrieben. Er überquerte die Brücke am Castel S. Angelo und fragte sich im Gehen, wie oft er in seinem Leben bereits den Tiber überquert hatte, bog ab und setzte sich an der Piazza di S. Egidio, in der Nähe von Claudias Studio, in ein Café. Zweimillionen Mal war zu viel. Zweitausend Mal erschien ihm zu wenig.

Der Journalist von ventiminuti hatte ihn bis auf die Straße verfolgt. Er trug ein Poloshirt mit hochgestelltem Kragen; Landolfi verabscheute Poloshirts. »Wenn Sie Fotos von der Leiche haben wollen, sind Sie bei mir falsch.« Landolfi hatte die Autotür zugeknallt. Der Junge war zurückgesprungen, und hatte mit der flachen Hand auf das Dach des Wagens geklopft. Landolfi hatte zurückgesetzt, ohne in den Rückspiegel zu schauen.

Die Straßenhändler an der Kirchenmauer sammelten ihre Lederimitattaschen zusammen und stoben wie aufgeschreckte Tauben auseinander. Eine Touristengruppe baute sich vor der Kirche auf. Der Caffè war zu bitter. Landolfi spülte mit Lemon Soda nach. Die Zigaretten schmeckten nicht. Der langgestreckte Platz lag im Schatten der eng stehenden Häuser. Missmutig drückte Landolfi die Zigarette aus und legte etwas Kleingeld auf den Tisch. Im Aschenbecher lagen zwei halbgerauchte Filterlose mit rotem Lippenstift am Rand.

Auf der anderen Seite des Platzes bog Claudia in die Via della Paglia ein. Landolfi erkannte das kurze Haar mit den zwei Wirbeln am Hinterkopf. Er bildete sich ein, dass sie ihren weißen Kittel trug, den sie früher beim Entwickeln der Bilder übergezogen hatte. Landolfis Handy vibrierte in der Hosentasche, die Terminerinnerung, in einer Stunde sollte er im Institut sein, aber vorher musste er noch zu Claudia.

Es gab immer ein paar Bilder mehr, als die, die sie ihm offiziell zur Verfügung stellte, das wusste Landolfi. Momente, in denen sich im Sekundenbruchteil des aufgeklappten Spiegels das Gesicht der Toten aufklarte. Landolfi musste wissen, ob es die Frau, die er obduzieren sollte, wirklich zweimal gab. Nachdem er sie am Abend zuvor lebend in den Armen gehalten hatte, wollte er auf keinen Fall noch einmal in die Kühlräume gehen. Vielleicht war das aber auch nur ein Vorwand, um Claudia wiederzusehen. Landolfi klappte im Gehen das Handy auf, bog in die Via L. Manara ein, wählte Claudias Nummer. »Vierzehnmillionenmal über den Tiber«, sagte er laut in das Besetztzeichen hinein, »oder vielleicht auch nur dreihundertvierundzwanzigtausendunddreimal«.

Er konnte einfach keine Zahlenmengen oder Größen schätzen, das hatte er schon als Kind nicht gekonnt. »Andrea, wie hoch ist diese Säule?« »Andrea, wie viele Menschen leben dort?« »Andrea, wie viele Punkte sind auf dem Kleid deiner Mutter?« »Andrea, wie lange machst du das schon? Andrea, wie lange willst du noch hier rumstehen und warten? Bis hier ein Baum wächst oder die heilige Mutter Gottes dich persönlich abholt?«

Das Handy noch am Ohr öffnete er die Ladentür, die Klingel ging. »Ich hab den Hörer extra nicht aufgelegt«, sagte Claudia, »schau nicht so, komm rein. Du siehst furchtbar aus.« »Alles in Ordnung. Mach dir keine Sorgen.« »Ich mach mir keine Sorgen um dich.« Claudia kam hinter dem Verkaufstresen vor und musterte ihn, streckte ihm die Hand hin, Landolfi ging an ihr vorbei, sah sich um. Claudia ließ die Hand sinken und räusperte sich. »Hier ist alles noch so …« »…so wie früher?« Landolfi nickte. »Nein. Nicht ganz.« »Zeigst du mir die restlichen Bilder?«, fragte er. »Wie geht es Marie?«, fragte Claudia.

Marie hatte sich die Nacht über im Bett herumgeworfen. Die Nachbeben waren auch in Rom zu spüren. Am Morgen, als Landolfi die Augen öffnete, stand sie am Fenster, der Anblick beruhigte ihn. Das Geräusch eines Rollkoffers auf dem Kopfsteinpflaster. Das kurze Aufjaulen der Sirenen, ein Polizeiwagen bog an der nächsten Kreuzung um die Ecke, fuhr in Richtung der Porta Portese und über die Ponte Umberto II. Dann war es wieder still. Später läuteten die Kirchenglocken. Als er zum zweiten Mal die Augen öffnete, war Marie verschwunden. Aus dem Badezimmer hörte er das Rauschen der Dusche. Landolfi versuchte sich an den Namen der Anhalterin zu erinnern, Amanda, aber wie weiter, und wie war der Name der Toten? Landolfi hatte sich noch nie ihre Namen gemerkt, weil sie ihn, wenn sie vor ihm lagen, längst abgelegt hatten. Die Rede war dann nur noch von einer Frau oder einem Mann. Eine Frau mit Würgemalen, eine Frau mit Beinbrüchen und Hämatomen, eine Frau mit Herzfehler, ein Mann mit Herzversagen, ein Mann mit Bart und Blutvergiftung, und immer so weiter.

»Marie geht es gut«, sagte Landolfi.

»Du kennst alle Bilder.« »Claudia. Bitte.« Sie fuhr sich mit der Hand durch die Haare, dann nickte sie und schloss die Tür hinter ihm ab. »Ich hab nicht viel Zeit. In einer halben Stunde kommt eine Hochzeitsgesellschaft zur Vorbesprechung. Komm mit.« Landolfi verkniff sich eine dumme Bemerkung und folgte ihr die Treppe hinauf in die Küche. Sie hatte einen neuen Herd, das Linoleum glänzte, anstelle des alten Küchentischs war ein schmaler Bistrotresen an die Wand geschraubt worden, zwei Barhocker standen davor. An der Wand waren mit Tesafilm ein paar Fotos von Freunden angebracht. Landolfi kannte niemanden davon. »Caffè?« Andrea schüttelte den Kopf. »Andrea«, Claudia überlegte, wie sie ihn fragen sollte. Er trat ans Fenster und sah in den Innenhof hinunter. »Ist auf deinen Armen oder auf dem Rücken auch eins für mich dabei?« Claudia war froh, dass Andrea sich nicht umdrehte, nicht bemerkte, dass sie rot wurde wie ein Schulmädchen, dass sie selbst nicht wusste, was ihr lieber wäre – ein Abschiedsbild für sie, als Tote zwischen Toten, als eine von ihnen, oder kein Bild und keine Erinnerung an damals auf seiner Haut.

Sie füllte zwei Gläser zur Hälfte mit Averna, schnitt eine Zitrone auf und presste gleichzeitig beide Hälften über den Gläsern aus. Die Säure brannte in den Handinnenflächen. Sie verzog das Gesicht und warf die Schalen ins Spülbecken. Andrea legte die Stirn an die Scheibe. Claudia ließ Eiswürfel in die Gläser fallen, es klackte, als das Eis in der wärmeren Flüssigkeit riss. »Hättest du denn gerne eines?« »Ich wollte es nur wissen. Es hat sich ganz ähnlich angefühlt.« »Was meinst du damit?« Sie zuckte mit den Schultern, hob das Glas in seine Richtung. »Du hast mich weggeschickt, Claudia.« Sie nahm einen großen Schluck. Landolfi sah zu, wie sie eine Zigarette aus dem Softpack klopfte. »Du hast also noch mehr Fotos?« »Es kommt darauf an.« Landolfi trank sein Glas leer und trat sehr dicht an Claudia heran. Sie blies den Rauch zur Seite aus und wies mit der Hand an seiner Schulter vorbei auf die Tür zum Schlafzimmer. »Die Bilder liegen auf dem Bett. Du kannst sie dir ruhig ansehen. Aber«, sie machte eine Pause und zog an der Zigarette, drückte die Halbgerauchte im Spülbecken aus, »aber ich behalte sie und mache auch keine Extrascans. Muss ich mir Sorgen machen, ist wirklich alles in Ordnung?« »Seit wann bist du so mütterlich?« Sie kniff die Augen zusammen, ihr Nasenrücken kräuselte sich. »Scheiße, nun mach schon und dann verschwinde, na los.« Andrea hob die Hand, einige Sekunden lang schwebte sie dicht an Claudias Wange, ohne ihre Haut zu berühren. Landolfi sah die Anhalterin vor sich. Claudia drehte den Kopf.

Die Fotos lagen verstreut auf dem Bett. Es roch nach kaltem Rauch, aber der Aschenbecher auf dem Boden neben dem Bett war leer und sauber. Landolfi griff wahllos eines der Bilder: die Schnittwunde in Großaufnahme, das kannte er bereits. Ein anderes zeigte die Stirn, den Haaransatz, einige Sommersprossen, ein weiteres den Mund der Toten in Großaufnahme. Er legte auch dieses Foto zurück zu den anderen. Die Ähnlichkeit war nicht so groß, wie er erwartet hatte, fast war er enttäuscht.

Ihn irritierte, dass es bei der Toten keine Anzeichen von Gegenwehr gab. »Hast du ein Bild von ihren Händen, in Schwarzweiß?« Claudia lehnte im Türrahmen. »Wofür? Du hast sie doch bei dir liegen.«

»Ich habe sie noch einmal gesehen, Claudia. Ich habe die Tote am Busbahnhof getroffen und mitgenommen. Sie war schön, aber ein wenig jünger«, sagte er ebenso wenig, wie: »Ich habe Angst, verrückt zu werden.«

»Ich mag Schwarzweißbilder«, sagte er stattdessen, »ich bin ein Dinosaurier. Oder haben die schon in Farbe gesehen?« »Ja, die haben in Farbe gesehen, in ziemlichen Neonfarben sogar. Grün, blau, gelb …« »Das ist ja furchtbar!«

Claudia grinste. »Warum bietest du mir eigentlich nichts an?« »Ich hab nichts. Mein Kühlschrank ist leer«, Claudia sah auf die Uhr, »und in einer Viertelstunde kommen die Brauteltern.« »Ich meinte eigentlich etwas anderes …«

Claudias Lippen schmeckten nach Creme und ein wenig nach Zigarettenrauch. Ihr Mund prallte mit einer Wucht auf seinen, dass Landolfi einen Ausfallschritt nach hinten machte, um nicht das Gleichgewicht zu verlieren. Sie biss in Landolfis Unterlippe, schob ihre Zunge zwischen seine Zähne, Landolfi schmeckte Blut.

Mittwoch, 8. April 2009.
München. 18:00.

Zwei Jungen saßen auf der Fensterbank und drückten ihre Nasen von außen gegen die Scheiben und sahen zu Diman hinunter, der auf dem Boden vor den Kinderbetten lag. Diman setzte sich auf. Die zwei zogen erschrocken ihre Köpfe zurück, sprangen auf den Rasen unter dem Fenster und liefen davon. Der Kindergarten war geschlossen. Diman war am späten Nachmittag durch das Badezimmerfenster an der Rückseite eingestiegen, er wollte ein paar Stunden schlafen. Er duckte sich, lief ins Bad hinüber, stieg auf den Klodeckel und zog sich hoch, fiel mehr, als dass er sprang, nach unten und verschwand in den Büschen, die das Kindergartengelände von der benachbarten Schule abgrenzten. An der nächsten Straßenecke bog er wahllos nach rechts ab, dann wieder nach links, irgendwann stand er an der Isar. Eine alte Frau saß mit ihrem Pudel auf einer Bank und fütterte die Spatzen mit Brotkrümeln. Diman setzte sich in einigen Metern Entfernung auf die Kaimauer, zog das Handy aus der Tasche und überlegte, ob er nicht doch jemanden anrufen könnte. Er wählte 0039-06, das Display leuchtete auf, das Batterie-Symbol blinkte, dann war der Akku endgültig leer. Diman holte aus und schleuderte das Telefon weit über seinen Kopf in die Isar. Die Frau auf der Bank schien ihn nicht zu beachten, sie kramte in der Papiertüte neben sich und warf mit vollen Händen Brotkrumen nach den Vögelchen.

Diman stand auf. Alles um ihn herum war in Watte gepackt. Er hörte seine eigene Stimme nicht, als er nach dem Weg zur Subway fragte und stieg ohne Fahrkarte in irgendeine U-Bahn-Linie. Zwischen der dritten und vierten Station waren plötzlich zwei Kontrolleure im Waggon. Als sich an der Haltestelle die Türen öffneten, sprang Diman hinaus, stolperte, die Gesichter der Fahrgäste auf dem Bahnsteig waren rot, der Boden war rot. Diman spürte, wie er am Arm gepackt und hochgezogen wurde, der Zug fuhr an, einer der beiden Männer zog ein Handy hervor, der andere drückte ihn auf eine Bank, hockte sich vor ihn hin, ohne seinen Arm loszulassen und redete auf ihn ein. Diman schüttelte den Kopf, um das Rot zu vertreiben. Nickte, als er auf Englisch nach seinem Namen gefragt wurde. Die zwei Männer tippten ihn in einen Blackberry ein, sahen sich hektisch um, telefonierten, kurze Zeit später erschien ein grün uniformierter Polizeibeamter auf dem Bahnsteig. Diman ließ sich abführen. »Just one or two questions. Ok? Do you understand me?«, sagte der Polizist mit hartem deutschem Akzent.

Der Himmel über München war dunkelblau, es dämmerte, vierzehn Grad Celsius, wenige Quellwolken, ein paar Tauben, die vor ihren Füßen aufflogen, so wie überall. Wenn er jetzt losrennen würde, würde er es vielleicht bis ans Ufer der Isar schaffen. Er sah die Pistolen am Gürtel, die Schlagstöcke, er wusste nicht, wie er ihnen erklären sollte, dass er nichts getan hatte. Dass er die Ambulanz rufen wollte. Dass er aus Panik geflohen war. Dass die Frau schon tot gewesen war, als er in das Haus eingestiegen war. Dass er seitdem ihr Gesicht nicht mehr loswurde, und das Rot.

Donnerstag, 9. April 2009.
München. 9:50.

»I do not know this girl.« Diman hob bei jeder Verneinung die Stimme an und nickte mit dem Kinn. »I did not run away. I took the train. I wanted to visit a friend, but he was not there. I had to buy a ticket, I know that, but the machine was rotten. I do not know this girl. I cannot help you. I was not there.« Der Polizist schlug mit der flachen Hand auf den Tisch, und wischte eines der Fotos, die die römische Polizei ihm gemailt hatte, hinunter.

Diman hatte die Nacht in der Zelle in Untersuchungshaft verbracht. Er zuckte zusammen, ohne den Blick von der gegenüberliegenden Wand zu nehmen. Sie war verspiegelt. Dahinter standen die, die darüber entschieden, ob er gehen durfte oder nicht, dachte Diman.

Der Raum hinter der Glasscheibe war leer und roch nach alten Teppichen. Ein Kalender vom Vorjahr hing an der Wand, darin Bilder der Polizeianwärterinnen. Die Julifrau hatte sich die Mütze keck ins Gesicht gezogen.

Der Polizist schenkte ein Glas Wasser ein und stellte es zwischen die Bilder auf den Tisch. Diman hatte die Hände lose im Schoß liegen, ein Schweißtropfen rann ihm über die Stirn. Er war ein wenig dünner, als auf dem Foto der Suchmeldung, seine Handgelenke waren knochig. Bevor er überstellt wurde, musste der Polizist ihn befragen und über seine Rechte aufklären, das war die Vorschrift. Eigentlich sollte der Dolmetscher längst hier sein. Auch die römische Polizei war informiert. In einer Stunde würde er abgeholt werden.

Der Polizist verschränkte die Arme vor der Brust. »I did not do anything. You have to explain me why I'm here.« Der Polizist wählte eines der Bilder aus, versuchte nicht zu genau hinzuschauen, der Ausschnitt des Gesichts bis zum Kinn, eine Haarsträhne verdeckte das linke Auge. »Because of that girl.« Diman schüttelte den Kopf. »I took the train without permission«, sagte Diman, ohne den Blick von der Wand abzuwenden. »When did yo arrive in Munich?« Diman schloss die Augen. »Yesterday.« Als das Telefon klingelte stand der Polizist auf, sprach ein paar Worte, die Diman nicht verstand, legte auf. »Ok. We'll bring you back, to Rome«, sagte er. Diman blinzelte und sah ihn an, seine Pupillen waren matt.

Als die Tür geöffnet wurde und zwei Männer Diman abführten, drehte er sich nicht um. Fast schien es, als hätte er es eilig und zöge die zwei italienischen Kollegen, die ihn in die Mitte nahmen, mit sich hinaus.

In Rom klopfte eine Sekretärin an Bugattis Bürotür und reichte ihm ein Fax.

Bugatti überflog die wenigen Informationen, ein aktuelles Foto des Gesuchten, Datum, Uhrzeit und Grund der Festnahme, der Mann wurde gerade nach Rom überstellt. »Dann ist ja alles geklärt«, sagte Bugatti.

Donnerstag, 9. April 2009.
Rom. Volpe. 21:00.

Seit Landolfi den Staatsanwalt das letzte Mal gesehen hatte, schien dieser im Zeitraffer gealtert zu sein. Mignoni saß auf dem Stuhlrand, sein massiger Oberkörper wippte vor und zurück, als Landolfi an den Tisch im hintersten Winkel des Restaurants trat. »Schön, Sie wiederzusehen, trinken Sie«, sagte Mignoni und hielt ihm ein Glas hin, »oder setzen Sie sich erst einmal.« Er wies auf den Stuhl ihm gegenüber. Die Tür zur Küche pendelte auf, Landolfi erhaschte einen Blick auf den Sous-Chef, die Klinge glänzte, sorgfältig zerteilte er Fleisch in dünne Scheiben, dann pendelte die Tür zurück. »Sie sehen unanständig bleich aus, mein Lieber«, sagte Mignoni. Er bestellte dieselbe Menüabfolge wie immer. »Also«, sagte er dann, »was halten Sie von der Sache?« »Nichts, was ich nicht schon mal so ähnlich gesehen hätte«, sagte Landolfi. Mignoni nickte. »Würgemale, Schnittwunden. Raubmord. Miete, Handy, das alles. Der Tatverdächtige ist heute überstellt worden. Die Presse weiß schon Bescheid. Er ist bis nach München gefahren, stellen Sie sich das vor.«

Landolfi fühlte sich unwohl, Claudias Geruch an den Fingern, obwohl er sich mehrmals die Hände gewaschen hatte. Und Marie wartete auf ihn. Der Kellner brachte große weiße Teller mit Fleisch und frittiertem Gemüse. Mignoni begann zu essen, ohne aufzusehen. Landolfi begann das Fleisch zu zerteilen. Mignoni schob sich eine frittierte Zucchiniblüte in den Mund. »Neger gefangen, Täter gefangen«, sagte er, grinste und kaute weiter, »sie ist im Übrigen ziemlich schön und ziemlich blond, finden Sie nicht? Oder ist sie eher nicht Ihr Typ?« »Es gibt keine Würgemale.« Mignoni winkte ab. Landolfi kippte das nächste Glas, er hatte nicht mitgezählt, vielleicht war es das zweite oder dritte. »Etwas anderes als Raubmord ist nicht denkbar. Schreiben Sie, was ich gesagt habe und dann schweigen Sie für immer.« Mignoni lachte. »Machen Sie sich keine Gedanken, seine Fingerabdrücke waren überall. Es ist ganz einfach. Und jetzt reden wir von etwas Erfreulicherem und trinken diesen Wein endlich leer. Der junge Mann da hinter Ihnen ist schon ganz nervös.« Mignoni zwinkerte ihm zu. »Haben Sie die Tatwaffe?«, fragte Landolfi. Mignonis Gesicht war gerötet. »Die brauchen wir nicht. Habe ich Sie eigentlich schon gefragt, wie es Ihrer Frau geht?«

Zum Abschied klopfte Mignoni ihm auf den Rücken und schob ein in Packpapier eingeschlagenes Buch über den Tisch. Landolfi klemmte es sich unter den Arm. Der Weg zur Tür war plötzlich abschüssig. Landolfi setzte einen Fuß vor den anderen, drückte den Rücken durch, gerne hätte er beide Arme zur Seite ausgestreckt, um die Balance zu halten, aber das Paket hinderte ihn daran. Er hob den linken Arm halbherzig in die Höhe, der Kellner duckte sich darunter hindurch, Landolfi lachte auf, blieb in einigen Metern Entfernung vor dem Restaurant stehen und sah sich um. Einige Autos parkten am Waldrand, dahinter nur Schwarz. Tiere, Schatten, die sich hinter den Baumstämmen versteckten. Die Straße war unbeleuchtet, nur der Lichtschein der Laternen rechts und links des Restaurants, und in der Ferne das helle Schild eines Taxistands, das nach links kippte, als Landolfi einen Wagen heranwinke.

»Sagt Ihnen der Name Amanda Torne oder Amanda Borne etwas?«, hatte Landolfi Mignoni nach dem fünften oder sechsten Glas gefragt und sich an der Theke festgehalten. Der Staatsanwalt hatte den Kopf geschüttelt. »Nein, tut mir leid. Warum?« Landolfi hatte abgewunken. »Nichts Wichtiges.«

Er ließ sich auf die Rückbank des Taxis fallen und wickelte das Buch aus. Der billige, wenn auch aufwendige Nachdruck einer Abhandlung über den menschlichen Körper von 1543. Einige der Seiten mussten noch mit dem Messer geöffnet werden. Die Zeichnungen waren, anders als im Original, koloriert, was dem nach und nach von Haut und Fettgewebe befreiten Körper etwas Komisches verlieh. Landolfi blätterte darin. Vierzehn Stationen bis zum Skelett, das in hellem Gelb und Rot leuchtete. Dahinter das Panorama einer weiten Ebene, eine einzelne Pinie, im Vordergrund ein Torbogen, vor dem das Skelett zusammensackte. Die Menschen vollführten lachend ihren Totentanz. Als der Fahrer das Licht anschalten wollte, klappte er das Buch zu und lehnte den Kopf an die Scheibe.

Marie schlief, als Landolfi die Wohnungstür aufschloss und leise in die Küche ging, das Netbook aufklappte und auf gut Glück den Namen der Anhalterin in die Suchmaschine eingab. Er war zu betrunken, um schlafen zu gehen, weil sich dann die Decke wie ein Sargdeckel auf ihn senken und sich alles drehen würde. AMANDA TORNE, 136 000 Ergebnisse (0,83 Sekunden), Werbung für Bikinis, eine Boxerin mit braunen Locken, nichts, was ihm weiterhalf. Er probierte verschiedene Nachnahmen, Lorne, Torne, Borne. *Have you ever heard about the Billy-Borne-Case?* Der Cursor blinkte regelmäßig. Landolfi schüttelte den Kopf, öffnete den Link, klickte zwei Werbefenster, die sich übereinander öffneten, zu und scrollte nach unten, fuhr sich mit der Hand unter das Hemd, tastete nach den kaum spürbaren Erhebungen und Mustern auf seinen Armen. *What happened?* »Das weiß ich auch nicht«, sagte er, überlegte, die Kopfhörer aufzusetzen, um Marie nicht zu wecken, und sich den Text von der computeranimierten Frau vorlesen zu lassen, die lächelnd in einem Fenster am Bildrand erschien, aber er fürchtete sich vor den naiven Bildbeschreibungen der Dame.

Der Junge auf dem Foto war sechzehn, vielleicht siebzehn Jahre alt, auch wenn die lockigen Haare ihn jünger erscheinen ließen. Er blickte starr in die Kamera, im Hintergrund vermutlich ein Gartenfest, Girlanden, auf dem Rasen saß ein großer zotteliger Hund. *Some days before April the 5th the world seems to be a paradise*, sagte die Bildunterschrift.

Ein anderes Foto zeigte ein Einfamilienhaus, am Zaun flatterte Absperrband, *House of Horror*, war der Untertitel. Auf einem dritten Bild war ein Krankenwagen zu sehen, zwei Männer schoben eine abgedeckte Trage in den Laderaum, einer von beiden hob dabei den Kopf und sah zum Fotografen hinüber. Das Bild war genauso unscharf wie die vorigen, als wären sie nachträglich von einem Zeitungsausschnitt eingescannt worden. Landolfi klickte eine Seite vor und öffnete den Hemdkragen. Das blaue Licht des Bildschirms machte seine Hände zu denen eines Zombies. Er musste sich konzentrieren um weiterzulesen, die Buchstaben schoben sich übereinander.

In der Nacht des 05. April 1998 tötet Billy B. (17) seine schlafenden Eltern mit einem Baseballschläger. Als seine jüngste Schwester (Joanna, 12) das Zimmer betritt, erschlägt er auch sie. Danach setzt er sich in die Küche und wartet auf seine ältere Schwester (Amanda, 15). Wir sind frei, sagt er, als sie nach Hause kommt. Das Mädchen nickt stumm. Die Ärzte kommentieren später ihr Schweigen als Schockzustand.

What did they want me to do? Show fake tears?

Landolfi kniff die Augen zusammen, musterte das unscharfe Foto des Mädchens, die Ähnlichkeit war nicht zu übersehen. Dieses Mädchen lag bei ihm im Kühlraum. Dieses Mädchen hatte er mitgenommen und kurz vor Olma abgesetzt. Dieses Mädchen, das Amanda hieß, war eigentlich tot oder ähnelte einer Toten, an deren Namen er sich nicht erinnerte. Eine Tote, die er lebend im Arm gehalten hatte, in einem Wald, an einem Wasserfall. Landolfi lachte auf. Er klickte auf dem Bild herum, aber es ließ sich nicht vergrößern. Er klickte zurück, klickte vor, suchte den Artikel nach weiteren Fotos ab, hielt den Zeigefinger auf die Cursortaste. Noch mehr Werbebanner, danach ein Interview mit einer amerikanischen Psychologin, die den Fall in den 90ern verfolgt hatte.

He's not a calculating person at all we've come to expect. Basically the turn of events are: He says, let's kill our parents. She doesn't say anything. He takes her silence as approval. She goes away. He goes for it. That's all, it's really simple.

Billy bekommt lebenslänglich. Seine Schwester wird weder angeklagt noch sagt sie als Zeugin aus. Landolfi klickte auf das Druckericon im oberen linken Bildrand, bestätigte und schloss das Browserfenster. Seinem Gehirn schien es an Flüssigkeit zu fehlen, ein Gefühl, als stieße es gegen die Innenwände seines Schädels, sobald er den Kopf bewegte. Er stand auf, wartete vor dem Drucker, der ruckelnd das Gesicht ausspuckte, hielt das Papier am ausgestreckten Arm vor sich, seine Stirn glühte.

Er faltete das Bild zusammen, legte es auf den Nachttisch und zog sich aus. Marie klammerte ihre Schenkel um seine Hüften, als er betrunken und falsch herum zu ihr unter die Decke kroch. Bis zum Morgen lagen sie so, ohne einander anzusehen, seine Füße an ihrem schmalen Hals.

Freitag, 10. April 2009.
Olma. 8:30.

Das Gedränge auf dem provisorisch abgesicherten Kirchenvorplatz war groß. Amanda, von den später eingetroffenen Menschen nach und nach immer weiter nach vorne und in die Mitte gedrängt, stand in der ersten Reihe, nah vor dem Geistlichen. Die Messdiener, zwei Kinder in Anoraks, die tuschelnd an der Seite gewartet hatten, brachten einen Plastikeimer mit Wasser und einen Lappen. Sie schwenkten Weihrauch darüber und stellten sich neben dem Priester zu beiden Seiten auf.

Er ließ den Blick über die Menge schweifen, blieb an Amandas starren Augen hängen, winkte sie mit einer knappen Bewegung zu sich heran. Aus einem Reflex heraus duckte sie sich. Die Frau neben ihr kniff sie schmerzhaft in den Arm und schob sie nach vorne. Hände, die nach ihr griffen, sie an den Schultern fassten und schoben, bis sie bei dem Mann im Talar ankam. Amanda sah auf den Boden.

Er kniete vor ihr nieder, hob ihren Fuß auf sein Knie, zog ihr den Schuh aus, feuchtete den Lappen an und wusch ihren Fuß, schob ihr den Schuh wieder über die Zehen, murmelte dabei leise vor sich hin. Verse, die Amanda als Kind gekannt hatte und die sie jetzt nicht mehr verstand. Er wiederholte die Prozedur mit dem anderen Fuß, stand auf und schlug das Kreuz.

Freitag, 10. April 2009.
Rom. 9:00.

Bei Tageslicht betrachtet ähnelte das Foto, das Landolfi sich in der Nacht ausgedruckt hatte, keiner der beiden Frauen. Der Wecker zeigte 9:00 Uhr. Marie saß im Morgenmantel in der Küche und blätterte in Mignonis Buch. Sie sah gedankenverloren auf und lächelte Landolfi an, als er in der Tür erschien. »Früher hat man gedacht, dass das Herz einen Knochen hat. Komisch, oder?«, sagte Marie. Sie hob das Buch hoch und zeigte ihm das Bild. Er war elegant ineinander gerollt wie ein Schneckengehäuse, umgeben von Muskelfleisch. Die einzige schwarzweiße Abbildung im Buch. Die Farbe des menschlichen Herzknochens, dieses innersten Zentrums, war den Zeichnern unbekannt oder der Kolorist hatte einfach die Seite vergessen. Landolfi brummte. »Warum bist du schon wach?« Marie erwartete keine Antwort, blätterte weiter.

»Amanda Borne. Amanda und Billy«, Landolfi sprach sich die Namen vor. Die Zahnpastatube war leer. Er gurgelte mit Mundwasser und spuckte die blaue Flüssigkeit ins Waschbecken. »Scheiße«, sagte er, spuckte noch einmal aus, »was soll das? Was geht mich diese Frau an?« Er wusch sich das Gesicht, beschloss, wieder ins Bett zu gehen, weiterzuschlafen, es war Karfreitag, Feiertag, niemand erwartete etwas von ihm. Jedes Mal, wenn er versuchte, sich an Einzelheiten zu erinnern, entwichen die Bilder in entlegene Winkel seines Hirnes und hielten ihn zum Narren. Sie gaukelten ihm Gesichter vor. Rotes Haar, blondes, langes, kurzes. Hatte er sie tatsächlich hinter das Steuer seines Wagens gelassen und hatte sie ihn lange geküsst? Oder war auch das nur ein Gaukelspiel? Ein lächelnder Totenkopf, der sich über ihn beugte und den harten Oberkiefer auf seinen Mund presste?

Marie saß auf der Couch vor dem Fernseher, als Landolfi zurück ins Schlafzimmer ging, die Tür schloss, die Bettdecke über den Kopf zog, die schlafwarme Luft inhalierte, den Geruch von Maries Deo. Er bemühte sich, an nichts zu denken, griff im Traum um Claudias Taille, zog ihren Hintern hoch, spürte die Trägheit, die sie fest im Griff hatte. Das großflächige Bild auf Landolfis Rücken zog sich zusammen und dehnte sich aus, die Linien pulsierten. Ein stechender Schmerz schoss ihm die Wirbelsäule hinab, als er seinen Schwanz zwischen ihre Hinterbacken schob und Claudia den Kopf zu ihm drehte und ihn schlaftrunken ansah. Ihre Augen waren ohne Pupillen, das Weiß darin matt und hart wie Porzellan.

Als Landolfi am frühen Abend ins Treppenhaus trat, saß Marie immer noch vor dem Fernseher, der Kinderkanal lief, eine Tierdokumentation, wuscheliges Fell und nasse Nasen, die gegen die Kamera stupsten. Landolfi fuhr zu Claudia und parkte in der Einfahrt ihres Hinterhofes.

Claudia zog den Löffel über der Kerzenflamme weg und kippte das flüssige Blei in eine Schale, die auf dem Bistrotisch in der Küche bereitstand. Es zischte. Schwarze Schlieren auf der Wasserhaut. Claudia griff mit zwei Fingern hinein, fischte eine Figur heraus und hielt sie gegen das Kerzenlicht, so dass der Schatten an der Küchenwand neben dem Fenster erschien. Ein Tier mit großen Ohren und drei Beinen, spitzen Zähnen und räudigem Fell. Claudia bewegte das Blei, und das Tier humpelte über die Küchenwand.

Die Kerzenflamme zitterte im Luftzug, als Landolfi die Tür aufschloss und die Treppe hinaufkam. »Woher hast du den Schlüssel?« Claudia drehte sich um. Das Schattentier hatte sich in eine Ecke zurückgezogen. »Vom Schlüsselbord.« Andrea trat hinter den Stuhl und legte eine Hand auf ihren Nacken. »Schau mal, siehst du das?« »Was ist das?« Andrea kniff die Augen zusammen, das Tier duckte sich, bereit zum Sprung. »Bleigießen.« »Damit sagt man die Zukunft voraus.« Claudia nickte. »Ich glaube, damit kann man nur das wiedererkennen, was schon gewesen ist.«

Landolfi lachte und zog die Hand weg. Claudia pustete die Kerze aus, und das Tier verschwand unter dem Küchenschrank. Landolfi setzte sich neben sie.

Claudia streckte die Arme auf der Platte aus, legte ihren Kopf ab und sah ihn an. »Was willst du hier?« »Das weiß ich nicht.« »Wie schön, dann sind wir schon zu zweit.« Landolfi sah sich in der dunklen Küche um. »Hast du die Bilder eigentlich noch?« Claudia setzte sich auf. »Du meinst die alten Fotos?« »Häng sie wieder auf.« Landolfi schob Claudia die Hand ins Haar, zerstrubbelte es, strich es wieder glatt, ihre Haare waren wie Borsten, widerspenstiges Fell. »Warum?« »Ich hatte eine etwas seltsame Begegnung.« »Das Christkind?«, fragte Claudia und grinste. »So etwas Ähnliches.« »Und was hat das mit den Bildern zu tun?« Landolfi stand auf. »Ich habe die Frau noch nicht obduziert. Keine von ihnen, Claudia, ich schaffe es nicht, verstehst du?« »Was willst du mir damit sagen, Andrea?« »Nichts. Ich habe Angst davor, sie aufzumachen.« »Und deine Arbeit, ich meine«, Claudia schüttelte den Kopf, »was willst du jetzt von mir hören? Ist das eine Entschuldigung für damals?« »Muss ich mich denn entschuldigen?«

Sie sah ihn an, stand auf, ging ins Studio hinunter und kam mit einem Karton zurück, den sie Landolfi in die Hand drückte. »Hier. Das sind nicht alle, aber die meisten.« Landolfi stellte den Karton auf den Bistrotresen, öffnete einen, zog die Bilder eines toten Mannes und einer toten Frau hervor, erinnerte sich nicht, hielt ihre Gesichter hoch und klemmte sie dann nebeneinander in den Fensterrahmen.

»Mach das bitte nicht, Andrea«, sagte sie. Andrea legte ihr eine Hand auf den Mund, sie drehte den Kopf zur Seite, schüttelte seine Finger ab. »Ich dachte, du willst mir von deiner Begegnung erzählen?« »Ja, gleich.« »Andrea, ich bin müde.« »Ich weiß.« Landolfi betrachtete die Spiegelung ihrer Köpfe in der Fensterscheibe, über den Fotos der Toten. Er stellte sich hinter Claudia und schob seine Hände unter ihr T-Shirt, sie trug keinen BH. »Du machst alles immer noch schlimmer und schlimmer und schlimmer«, murmelte sie. »Ich weiß«, sagte Landolfi. Claudia hob den Kopf und sah ihn an. »Und was ist mit Marie?« »Ich versuche, alles richtig zu machen«, sagte er. »Das kannst du gar nicht«, sagte Claudia und drückte den Rücken durch. »Ich weiß.« Er schob seine Hände höher und fasste Claudias kleine Brüste an. »Dieses Mädchen –« Claudia seufzte. »Ja, Herr Professor?« Landolfi kniff sie in die Brustwarzen, sie schrie auf und stieß ihm den Ellenbogen in den Bauch. »Es gibt sie zweimal. Ich verstehe das nicht.« »Was für ein Mädchen?« »Ich habe eine Anhalterin mitgenommen, vor ein paar Tagen. Es ist völlig unwichtig, Claudia, aber sie sah genauso aus wie die Tote, die ich obduzieren sollte. Deswegen hab ich angehalten.« Landolfi zog die Hände zurück. »Das hast du dir nur eingebildet.« »Ich habe sie mitgenommen. Und jetzt werde ich ihr Gesicht nicht mehr los. Es fängt alles von vorne an.« Claudia drehte sich um, schob ihm eine Hand unter das Kinn, hob seinen Kopf an und lächelte ihn an. Ihre Augen waren ernst. »Du musst dich entscheiden, Andrea.« Er erwiderte ihren Blick, schob sein Gesicht vor, küsste sie, ohne die Augen zu schließen. Claudia nickte.

Marie stellte sich schlafend, als Andrea zwei Stunden später mit einem Fotokarton unter dem Arm nach Hause kam. Claudias Handabdrücke als unsichtbare Spuren auf seiner schwarzgemusterten Haut.

Samstag, 11. April 2009.
Olma. 19:00.

Der Fuchs streckte sich und krallte die Vorderpfoten in den Waldboden. Zwei Übertragungswagen der RAI fuhren im Schritttempo am Waldrand vorbei. Das Tier legte sich, die Pfoten auf einem toten Vogel, dicht am Eingang des leeren Dachsbaus nieder und beobachtete die Straße. Die Lichter der Zeltstadt schimmerten durch die Baumstämme. Zwei Kinder tauchten zwischen den Bäumen auf, sahen sich um, öffneten ihre Hosen und pinkelten schnell in das Dunkle vor ihnen. Der Fuchs hob den Kopf. Amanda saß abseits vor einem der Zelte. Sie sah zu ihm hinüber. Für den Bruchteil einer Sekunde trafen sich ihre Blicke. Der Fuchs öffnete das Maul, stand auf, zog das Aas rückwärts in den Bau hinein.

Amanda ging zurück ins Zelt, um ihren Rucksack zu holen. Sie musste zurück nach Rom, sie hielt es nicht länger aus hier oben. Sie verstand die Menschen nicht richtig, wenn sie mit ihr sprachen und sie träumte jede Nacht von Dir, Billy. Ein Journalist der RAI schlug die Zeltplane zur Seite, hinter ihm stand ein Kameramann. Amanda duckte sich, als der Mann vor ihr stehen blieb und das Mikrophon auf sie richtete. Er fragte etwas. Sie schüttelte den Kopf. Eine Prozession lief singend an den Zelten vorbei und zog in Richtung der Kirche. Der Mann drehte sich zum Ausgang um. Amanda stand auf. »Wartet. Ich komme mit.« Ihre Stimme klang fremd. »Was?«

Amanda nickte, hielt den Rucksack mit beiden Händen vor dem Bauch. Der Assistent, der vor dem Zelt wartete, hatte die Kamera abgesetzt und zündete sich eine Zigarette an. »Also, ich weiß nicht, ob das geht.« »Doch.« Sie lachte. Der Mann verstand nicht. Amanda griff im Vorbeigehen nach seinem Kinn und hielt sein Gesicht fest, lächelte ihn an, ließ los, bevor er nach ihrem Handgelenk greifen konnte, und stellte sich neben den Assistenten vor das Zelt. »Das Auto steht da drüben«, sagte der, trat seine Zigarette aus und schulterte die Kamera, »komm mit, sprichst du zufällig Englisch? Wir brauchen jemanden zum Übersetzen.« Amanda schüttelte aus einem Reflex heraus den Kopf. »Kann ich trotzdem eine Zigarette haben?« »Ich heiße Giulio«, sagte er und hielt ihr die Packung und das Feuerzeug hin. »Danke.« »Der hinter uns ist Marco.« Er drehte sich um und grinste. »Was ist los? Wir haben alles, beeil dich.«

Das Auto war ein heruntergekommener Sprinter mit Rostflecken. Amanda kletterte auf den Beifahrersitz. Giulio warf Marco den Schlüssel zu und schob sich neben Amanda.

Marco wendete das Auto in fünf Zügen. Die Prozession hatte den Kirchenvorplatz erreicht. Im Wald leckte der Fuchs sich das Blut von der Schnauze. Zu spät hob er den Kopf. Er sah das Auto nur noch von hinten, darin Amanda und die zwei Männer, die sie fortbrachten.

Der Wagen erreichte die Straße nach Rom. Marco kurbelte das Fenster hinunter. Giulio rauchte eine Zigarette an, steckte sie Amanda zwischen die Lippen, klopfte eine zweite aus der Packung und leckte das Papier ab, bevor er das Feuerzeug an den Tabak hielt. Es zischte leise. Amanda hielt die Augen geschlossen und rauchte. Giulio nahm ihr grinsend die Zigarette aus dem Mund und aschte ab, steckte sie zurück zwischen ihre Lippen. Irgendwann hatten sie die Autoschlange, die sich den Berg hinaufwand, hinter sich gelassen, und Marco gab Gas. Der Wagen nahm die Serpentinen. Amanda rutschte von links nach rechts gegen die Männer. Später schaltete Marco die Scheinwerfer an, folgte der hellgrauen Spur auf dem Asphalt, der an vielen Stellen aufgebrochen war, lenkte mit einer Hand. Amandas Kopf kippte nach vorne im Sekundenschlaf. Giulio boxte sie in die Seite. »Lass sie«, sagte Marco und schaltete einen Gang rauf. »Schon klar.« Amanda zuckte mit dem Kopf, schrie auf und griff sich an den Hals. »Was, was, was?« Marco bremste erschrocken. »Lasst mich raus«, sagte sie, »lasst mich hier raus, wer seid ihr überhaupt?« Marco schüttelte den Kopf, »Wir hätten sie dalassen sollen.« »Wen?« Amanda blinzelte. »Dich. Wen denn sonst?« »Nein.« »Nein?« Giulio lachte. »Jetzt erzähl mal«, sagte er, »was hast du da oben denn zu suchen gehabt?« »Nichts«, sagte sie, »ich hab Angst bekommen. Ich hab mal in einem Wohnwagen gewohnt. An einer Weide, auf der nur Bullen standen.« „Kommst du aus den Abruzzen oder was?« »Ringsum und quer über die Weide waren Elektrozäune gespannt.« Marco beobachtete sie aus dem Augenwinkel ohne das Gesicht von der Straße abzuwenden. Sie setzte sich auf und sah hinaus auf die Scheinwerferkegel, die vor ihnen den Boden abtasteten. »Ich habe dort ein halbes Jahr lang gewohnt und mit dreißig Männern geschlafen. Vielleicht auch vierzig. Vorher war ich im Internat.« Amanda griff nach der Zigarettenpackung, die Giulio auf die Frontablage geworfen hatte. Giulio warf Marco einen vielsagenden Blick zu und rutschte auf dem

Sitz hin und her. »Du rauchst zu viel«, sagte er. »Ich hab Hunger«, sagte Amanda. »Ich auch«, sagte Marco. »Hier ist aber nichts. Die nächste Tankstelle kommt in fünf Kilometern«, sagte Amanda, und Marco hob die Augenbrauen. »Ach ja?« »Ja.« Sie schwiegen.

Amanda hielt den Rucksack fest. Mein T-Shirt lag zusammengefaltet darin, nur noch einige hellbraune Flecken, wo sich das Blut nicht ganz hatte herauswaschen lassen, zusammen mit dem Küchentuch, in dem das Messer eingewickelt gewesen war.

»Ich habe jemanden umgebracht«, sagte Amanda. »Klar. Gut, dass wir drüber geredet haben«, sagte Giulio. Marco schnalzte mit der Zunge, wich einem Schlagloch aus, Giulio rutschte gegen die Tür und fluchte. »Wir haben doch überhaupt nicht geredet.« »Wo sollen wir dich absetzen?« Marco wechselte die Spur, orangefarbene Warnlichter, die die Sperrungen auf der A1 ankündigten. »In Trastevere«, sagte Amanda. »Wohnst du da?« »Ich hab einen Freund dort.« Marco hielt an einer Ampel und sah sie an. »Ist alles in Ordnung mit dir? Brauchst du Hilfe?« »Nein«, sie hielt immer noch den Rucksack fest, »danke.« Marco wandte den Blick nicht ab. »Grün«, sagte Amanda. Marco lenkte den Wagen durch die engen Straßen hinter der Viale di Trastevere. »Wir müssen vorher noch die Kamera zurückbringen, die ist nur geliehen«, sagte er und hielt vor Claudias Laden, »ich bin gleich wieder da. Giu, gib mal den Schlüssel rüber.« Giulio kramte im Handschuhfach, warf ihm einen Schlüsselbund in den Schoß und stieg aus, um die Kamera von der Rückbank zu holen. Amanda kletterte nach ihm aus dem Wagen, zog den Rucksack hinunter, lief los und bog rechts in die Via St. Giacopo ein. Giulio stellte die Kamera ab und lehnte sich gegen den Kotflügel. Marco sah die Straße hinunter. Er überlegte, ob er ihr nachlaufen sollte, aber er wusste nicht, was er hätte sagen sollen. Claudia öffnete auch nach dem dritten Klingeln nicht. Marco schloss die Tür auf, stellte die Kamera unter den Verkaufstisch, schloss hinter sich ab und warf den Schlüssel in den Briefschlitz. Es klapperte, im ersten Stock ging das Licht an, dann wieder aus.

»Glaubst du das?«, fragte Giulio, und winkte zum dunklen Fenster hinauf. »Was?« »Was sie erzählt hat, dass sie jemanden umgebracht hat.« »Keine Ahnung.« »Wie hieß die überhaupt?« Marco zuckte mit den Schultern.

Der Fuchs hatte den Wald verlassen und folgte ihr. Er lief durch das unterste Tal, in dem sich der Lärm der nächtlichen Stadt fing und erreichte den Tiber, folgte ein Stück weit der Autobahn und bog dann in die Industriegebiete ab. Schlangen von LKWs und Bussen. Der Fuchs hatte ihre Spur verloren. Immer wieder hob er den Kopf und versuchte Witterung aufzunehmen. Er lief quer über die Fahrbahn, der Himmel gelb, das Quietschen von Reifen, als das Auto scharf bremste.

Sonntag, 12. April 2009.
Rom. Trastevere. 11:00.

Amanda blieb am Pförtnerhäuschen vor dem Polizeipräsidium in Trastevere stehen, klopfte an die Scheibe und wartete, dass der Mann die rosafarbenen Zeitungsblätter sinken ließ. Der Pförtner öffnete die Klappe. »Ich suche jemanden.« »Worum geht es denn?« »Ich würde gerne mit Herrn Landolfi sprechen.« »Kenn ich nicht.« Amanda presste die Lippen aufeinander, kniff die Augen zusammen. »Aber fragen Sie da drinnen mal, die erste Tür auf der rechten Seite.« Der Pförtner schloss die Klappe und nahm die Zeitung wieder hoch.

Amanda lief auf die Eingangstür zu, blieb stehen, nahm das Bündel mit Deinen Postkarten aus der Jackentasche und hielt es in der Hand, wendete es hin und her, zog schließlich die oberste Karte hervor und las: »Was machst Du, damit die Erinnerung gut wird?« Sie schob die Karte zurück, steckte das Bündel in die Jackentasche, ihr Flug ging in vierundzwanzig Stunden.

Als Marie aufwachte und in die Küche kam, hatte Landolfi bereits Frühstück gemacht, hatte Eier gekocht, Brioche con Crema gekauft, die Marie so gerne aß, der Fernseher lief ohne Ton, der Papst verlas gerade die Osterbotschaft, Surrexit Christus spes mea: precedet vos in Galileam. Die Schrift lief am unteren Bildrand entlang.

»Guten Morgen«, sagte Landolfi und lächelte. Unter der Decke, von einer Wand zur anderen, hatte er eine Wäscheleine gespannt und daran ein paar Fotos mit Klammern befestigt. »Was ist das, Andrea?« Marie hob den Kopf. Landolfi schenkte ihr Caffè ein. Sie stellte sich auf die Zehenspitzen. »Das sind Fotos«, sagte Landolfi, nahm eine Brioche und biss hinein, »setz dich.« Marie schrie auf, als sie in das Gesicht einer toten Frau sah. Sie drehte sich um und sah Landolfi erschrocken an. »Was ist das? Wie kommen die hierher?« »Ich habe sie aufgehängt.« »Warum?« Landolfi sah sie an und schwieg. Marie setzte sich, sie hatte Gänsehaut auf den Armen. »Nimm die bitte wieder ab.« Landolfi sah ins Leere. »Sie machen mir Angst, Andrea.« Er nickte. »Sag doch bitte etwas.« Landolfi stand auf und ging aus der Küche. »Das ist doch nicht normal, Andrea«, rief Marie ihm hinterher, sprang mit ausgestrecktem Arm hoch, aber die Fotos hingen zu weit oben, sie erreichte sie nicht. »Du bist doch krank!« Wütend schob Marie einen Stuhl unter die Leine, stellte sich auf die Sitzfläche und nahm die Fotos ab, bemüht, nicht zu genau hinzusehen. Sie hörte, wie die Haustür ging, sah Landolfi über den Innenhof laufen, dann begann sie zu weinen.

Landolfi fuhr in die Pathologie. Mignoni hatte ihm die Tatwaffe vorbeibringen lassen. Das, was Bugatti für die Tatwaffe hielt. Der Polizist hatte sie in einer Bar, in der der Festgenommene manchmal arbeitete, gefunden. Ein einfaches Küchenmesser, keine Doppelklinge, mit welcher der Schnitt tatsächlich ausgeführt worden war. Landolfi könnte die Tote jetzt öffnen und einen Bericht schreiben, der der Wahrheit entspräche. Oder er könnte einen anderen Bericht schreiben, der zu dem Messer passte und damit die Geschichte auch von seiner Seite abschließen. Das wäre das Einfachste. Morgen würde er wieder in der Universität sitzen und Klausuren korrigieren.

Er rollte mit einem Schwung die Bahre heraus und schlug die Abdeckung zurück. Fast hatte er erwartet, dass sie nicht mehr dort wäre, dass sie heruntergestiegen und davongegangen wäre, barfuß und blass, in einem der Kittel, die neben der Tür hingen. Vielleicht hatte Marie recht und er war krank. Er war dabei, alles, was die letzten Jahre wenigstens ein bisschen funktioniert hatte, zu zerstören.

Landolfi widerstand dem Impuls, sie noch einmal zu küssen, legte ihr nur die Hand auf die Stirn und hielt das Gefühl der Kälte aus.

»Ich kann das nicht, Andrea«, sagte Marie am Abend, »ich kenne dich so nicht.« Er küsste sie auf die Wange, der kurze Moment einer Nähe, die sich sofort in unabsichtlichen Bewegungen verlor: Marie drehte den Kopf zur Seite, Landolfi stolperte, stützte sich an der Flurwand ab und versuchte ein Lachen, das ihm hart in den Ohren klang. Sie hielt ihm einen Stapel Postkarten hin. »Was ist das, Marie?« »Die hast du mir mal geschrieben. Das bist du für mich. Ich schließe den Laden, für drei oder vier Tage. Ich fahre morgen zu meiner Mutter.« »In Ordnung«, sagte Landolfi und nahm ihr die Karten aus der Hand. Sie hatte für ihn entschieden. Marie sah ihn erleichtert an. Sie trug ihr kurzes Polyesternachthemd, darunter einen weißen Baumwollslip, ihre Augen waren gerötet. Sie standen im Flur, aus der Küche roch es nach gebratenem Fleisch und verkochtem Rotwein, Knoblauch, Rosmarin, Zigarettenrauch. Marie hatte das Abendessen zubereitet und auf ihn gewartet. Marie hatte sogar geraucht. Andrea küsste sie vorsichtig auf die Stirn. »Andrea.« »Was?« »Ich wollte nur deinen Namen sagen.« Landolfi legte die Karten auf den Schrank im Flur, ohne sie zu lesen. Sie verbrachten den Abend schweigend. Andrea trank zu viel Wein, so wie immer, ab und zu zitterten Maries Lippen, aber nicht stark genug, dass er sie in den Arm genommen hätte.

Montag, 13. April 2009.
Rom. 14:00.

Landolfi sah vom Bett aus zu, wie Marie am Morgen ihren Koffer packte, er wusste nichts zu sagen. I heart NY, stand auf ihrem T-Shirt, das rote Herz zwischen den Buchstaben war ausgewaschen. Marie war noch nie in den USA gewesen. Er stand auf und ging ins Bad. Marie schrieb ihm einen Einkaufszettel. Milch, Butter, Orangina, die Elle und die Marie Claire, dafür musste er extra einen Umweg zum Kiosk laufen, das hatte sie einkalkuliert. Als er zurückkam, war sie weg, so, wie Landolfi es erwartet hatte.

Auf dem Boden im Flur lag ein Zettel, sein linker Schuh stand als Briefbeschwerer darauf. Landolfi stellte die Tasche ab, bückte sich. Die Nummer ihrer Mutter, daneben war ein schiefes Herz gemalt. Landolfi zerknüllte den Zettel, widerstand dem Impuls, ihn in den Mund zu stecken und aufzuessen. Stattdessen nahm er wahllos eine der Postkarten, die noch auf dem Schrank im Flur lagen, und las sie laut:

»Marie, wusstest du, dass die Azteken ihren Göttern Herzen spendeten?«

Er lachte leise, nahm eine zweite Karte:

»Das ist alles nicht passiert. Mein tägliches Mantra. Stattdessen küsse ich dich, C., jeden Morgen.«

Landolfi fühlte sich, als hätten ihn Aliens entführt und einige Stunden später wieder in seiner Wohnung abgesetzt, die jetzt leerer war als zuvor, obwohl nur Marie fehlte. Die zweite Karte war nicht adressiert und nicht für Marie bestimmt gewesen. Er hatte keine Ahnung, wie sie in diesen Stapel geraten war, er hatte sie Claudia nie geschickt.

Landolfi legte sie zurück, griff nach der halbvollen Weinflasche, die neben dem Zettel und dem Schuh stand, zog den Korken mit den Zähnen heraus, spuckte ihn auf den Boden und nahm einen Schluck. Im Schlafzimmer stellte er die Flasche neben das Bett, nahm das Netbook, das auf dem Nachttisch lag, klappte es auf, das System startete automatisch. Landolfi lehnte sich gegen das Bettgestell, nahm einen zweiten Schluck und tippte noch einmal AMANDA BORNE in die Suchmaske. Circa 1740 000 Ergebnisse (0,10 Sekunden). Er scrollte die Seite hinunter, öffnete den Link zu einer amerikanischen Zeitung. Auszüge eines Interviews. Das Gespräch war angeblich nur ein halbes Jahr alt und telefonisch geführt worden, schrieb die Journalistin.

Denkst du jeden Tag daran?
Ich denke nicht besonders viel nach.
Ich glaube dir nicht.
Man wechselt die Seite.
Wolltest du nie anderen Opfern helfen?
Was für andere Opfer?
In den USA passiert es fast täglich, dass ein Jugendlicher seine Eltern tötet; meistens sind es weiße männliche Täter …
Nein, daran habe ich nie gedacht. Mir hilft ja auch niemand. Ich helfe mir selber, und Billy –
Ich habe mit Billy gesprochen und es war ein sehr angenehmes Interview. Er war in der Lage seine Seite eurer Geschichte zu erzählen. Ich war überrascht, wie nach-

denklich und ruhig er über das alles gesprochen hat. Hast du Kontakt mit ihm?

Ich glaube Ihnen nicht. Er spricht nicht. Mit niemandem.

»Ich glaube dir auch nicht«, sagte Landolfi, schloss die Werbefenster, die sich über dem Text öffneten, »aber ich würde verdammt gerne wissen, wo du jetzt bist, Amanda.« Landolfi griff nach der Weinflasche und schloss das Browserfenster. Er lenkte sich von einer Entscheidung ab, das wusste er, davon, sich eine Wohnung zu suchen und seine Sachen zu packen. »Morgen«, sagte er laut, »wenn das alles hier ein Ende hat.« Landolfi trank die Flasche aus, sein Hals und sein Magen brannten. Er stellte das Netbook auf Maries Seite des Bettes. Vielleicht war wirklich alles ganz einfach. Marie ertrug ihn nicht mehr. Die Anhalterin war die Amerikanerin, über die er gelesen hatte, sie hatte ihm ihren Namen genannt, vielleicht machte sie eine Rundreise durch Europa. Aber er hatte sie in den Armen gehalten, weil sie der Toten so ähnelte, die er nicht in die Arme nehmen durfte, er hatte sie geküsst und damit die Tote, die Italienerin, die der Anhalterin einfach nur ähnelte. Trotzdem blieb das Gefühl, an irgendeiner Stelle etwas Entscheidendes übersehen zu haben.

Landolfi war unruhig. Die Bilder auf seinen Armen begannen, in der Wärme des Zimmers zu pulsieren. Landolfi schluckte trocken, zog das Hemd aus und warf es an das Fußende des Bettes, nahm das Netbook noch einmal auf die Knie und tippte den Namen der Toten, den er am Tag zuvor nachgesehen hatte, in die Suchmaske, LUCIA MARA. Circa 148 000 Ergebnisse, (0,14 Sek.). Meinten Sie: *Licia* Mara. Er schüttelte den Kopf und gab auf. Er würde jetzt diesen Bericht schreiben. Vorher aber würde er Claudia anrufen. Landolfi stand auf und lief in der Wohnung herum. »Hallo«, sagte er ungeduldig in das Freizeichen, ging zurück in den Flur und blieb vor der Kommode stehen. Claudia nahm nicht ab.

Landolfi begann zu schreiben. Innere, äußere Leichenschau, nach Mignonis Hinweisen, Spuren von Gegenwehr, Hautpartikel unter den Fingernägeln der Toten, Hämatome an Schultern und Oberarmen …

In Landolfis Büro beantwortete Carla die E-Mails der letzten Tage. Einladungen zu Tagungen und Vorträgen lehnte sie ab, Studenten vertröstete sie auf die nächste Sprechstunde. Gerade als sie den PC hinunterfuhr und den Scooter-Helm unter dem Tisch hervorzog, klopfte ein UPS-Bote an die Tür. »Landolfi?« Carla nickte. »Das ist hier.« Der Mann setzte das Paket ab und schob es ins Zimmer.

Carla wählte Landolfis Handynummer. Das Besetztzeichen ertönte. Carla klappte das Handy zu, nahm eine Schere und schnitt die Klebestreifen, die um das Paket herumgewickelt waren, auf. Sie löste die doppelte Papierschicht, öffnete die oberen Klappen des Kartons, sah hinein und schrie leise auf. Die Schnauze des ausgestopften Tieres, das sie aus einem Meer feiner Styroporkugeln heraus ansah, war schmal. Die Augen blank. Ein schwarzer Streifen zog sich über das Rückenfell. Carla streckte die Hand aus und legte sie dem Fuchs auf den Kopf. »Sag mal, wer bist du denn?« Der Fuchs sah sie ausdruckslos an. Carla hob ihn aus dem Paket und stellte ihn auf den Schreibtisch. Das ausgestopfte Tier war erstaunlich leicht.

Gegen Abend setzte Landolfi sich ins Auto und fuhr ziellos die Via Appia antica hinunter, aus der Stadt hinaus, vorbei an Supermarktketten und Wohnblöcken, an den Kleiderständen der Araber am Straßenrand. Aus Taiwan importierte Polyesterklamotten schaukelten unter weißen Planen im Wind. Rechter Hand Dünen, links von ihm Berghänge. Schilder, die eine landschaftlich wertvolle Strecke anzeigten. Prostituierte, die zwischen den Baumstämmen auftauchten, Waldelfen in kurzen Kleidern, kaugummikauende junge Rumäninnen mit dunklen Augen. Irgendwann wendete Landolfi und fuhr über die A1 zurück in die Stadt. In der Nähe der Piazza Bologna bog er ab und nahm den Umweg durch das innere Zentrum. Beim Fahren der Blick nach rechts und links, halbherzig auf der Suche nach der Anhalterin.

Claudia saß am Computer und bearbeitete Hochzeitsfotos. Sie setzte dem Brautpaar das Strahlen ins Gesicht, das gefehlt hatte; eine einfache Aufgabe. Keine Totenbilder mehr. Claudia wirkte zufrieden und sehr ruhig. Als Landolfi in dieser Nacht bei Claudia blieb und mit ihr schlief, war es anders als früher, selbstverständlicher und vorsichtiger, und Claudia beobachtete ihn erstaunt dabei.

14. April 2009
Rom. Trastevere. 10:00.

Als Bugatti am Dienstagmorgen die Bar aufschloss und sich an die Theke setzte, war das Licht über der Stadt sehr klar, die Wärmeglocke, die seit Tagen über der Stadt hing, hatte sich aufgelöst. Der 36er hielt, entließ eine Ladung Fahrgäste, die über die vielbefahrene Straße rannten, um den Anschlussbus auf der anderen Seite zu erwischen. »Gute Arbeit«, sagte Bugatti leise und versuchte, wie die Worte klangen, »sehr gute Arbeit.«

»Tun Sie mir diesen Gefallen, Landolfi, und kümmern Sie sich noch kurz darum, bevor Sie gehen«, sagte Mignoni, als Landolfi den Obduktionsbericht und die unterschriebenen Formblätter auf seinen Schreibtisch legte. »Wovon sprechen Sie?« Landolfi verstand nicht. »Ach so, natürlich«, Mignoni lächelte, »da ist ein Mädchen. Bugatti hat mich angerufen, sie ist gestern schon einmal hier gewesen. Sie möchte mit Ihnen sprechen. Ich weiß nicht, worum es geht. Sie scheint ein bisschen verwirrt zu sein«, Mignoni hob die Augenbrauen, »haben Sie vielleicht Verwandte da oben, im Erdbebengebiet?« »Nein«, Landolfi schüttelte den Kopf.

Mignoni ging zum Aktenschrank hinüber und nahm einen Briefumschlag aus dem obersten Fach. »Unterhalten Sie sich doch ein bisschen mit ihr. Sie ist hübsch und vielleicht hat sie ja etwas Interessantes zu erzählen.« Mignoni lachte.

Seine Zähne waren verfärbt vom Tabak und vom Caffè. Er öffnete den Umschlag und zog einen dichtbeschriebenen Bogen Papier hervor, nahm die Lesebrille aus der Hemdtasche, hielt das Blatt am ausgestreckten Arm vor sich hin und runzelte die Stirn. Diman hatte ihm einen Brief aus der Untersuchungshaft geschrieben. Das war geradezu lächerlich, aber es war schön, persönlich Post zu bekommen. Mignoni hatte eine Vorliebe für die Geschichten der Insassen. Dimans Schrift war sehr klar, der Brief ohne Rechtschreibfehler oder Verbesserungen, nicht ein einziges Wort war durchgestrichen.

»Ich schaffe es nicht zu schlafen«, las Mignoni vor, »ich schließe die Augen und sehe das Rot. Ich habe noch nie so viel Blut gesehen, aber es war schon zu spät. Ich habe Angst bekommen und bin weggelaufen, aber ich habe sie nicht angefasst.«

Mignoni nahm die Brille ab, faltete den Brief zusammen. »Der ist noch viel länger. Ich erspare Ihnen das.« »Der Fuchs, den Sie mir geschickt haben, ist schön.« »Es freut mich, dass er Ihnen gefällt.« »Woran ist das Tier gestorben?« »Das ist doch Ihr Job, das herauszufinden.« Landolfi lachte und hob die Hände. »Ich habe nicht die leiseste Ahnung.«

Mignoni lächelte und nahm seine Jacke. »Er war es nicht«, sagte Landolfi und meinte Diman, aber Mignoni führte ihn schon aus dem Zimmer. »Kommen Sie, Ihr Besuch wartet«, sagte er.

Sie liefen am Pförtner vorbei über die Straße und einige hundert Meter weiter in ein externes Verwaltungsgebäude. Dort war Landolfi noch nie gewesen. Der Staatsanwalt nahm erstaunlich elegant zwei Stufen auf einmal die Treppe hinauf. Die Wände waren mit Marmor verkleidet. Durch eines der Fenster sah Landolfi den begrünten Innenhof, Spatzen, die in einer Vogeltränke badeten, antike Statuen ohne Köpfe. Der Bogengang machte am Ende einen Knick nach links, ein nachträglich eingebautes schmiedeeisernes Tor versperrte ungebetenen Besuchern den Durchgang. Mignoni zog einen Schlüsselbund hervor und öffnete die Pforte. »Bitte sehr, die Tür am Ende des Ganges, das ist das schönste Besucherzimmer, das wir haben. Lassen Sie sich Zeit. Sie finden alleine hinaus?«

Landolfi nickte und trat an ihm vorbei. Die Bodenfliesen des Flures waren in der Mitte mit einem Mosaik verziert, dessen Farbe im Laufe der Jahrhunderte ausgetreten war. Landolfi meinte Tänzerinnen zu erkennen, die Krüge auf den Köpfen balancierten, Fabelwesen und Drachen. »Hübsch, nicht wahr?« »Ja«, sagte Landolfi ungeduldig und lief über die Bilder ans Ende des Flurs. Der Staatsanwalt drückte das Tor hinter ihm zu, es klackte, als der Mechanismus zurücksprang, es ließ sich von innen öffnen, wenn man den richtigen Hebel kannte.

Amanda, liebe Amanda mein, was machst Du, damit die Erinnerung gut wird? Holidays Diner, denk daran: Wir müssen innerlich sauber sein und äußerlich blitzblank und rein. Ich warte dort auf Dich und irgendwann kommst Du zur Tür herein und alles wird gut.

[Postkarte, 05.04.09]

Als Landolfi die Tür öffnet, schießt ihm das Adrenalin unter die Kopfhaut. Amanda sitzt auf einem Stuhl in der Mitte des Zimmers. Sie schlägt die Beine übereinander und lächelt ihn an, der Rucksack liegt neben dem Stuhl auf dem Boden. Sie trägt Dein Toys'r'us-T-Shirt, Billy, und meine Lederjacke. Landolfi hat sie blasser in Erinnerung, das Haar rötlicher; es ist hell und glatt und fällt bis auf die Schultern.

»Was machst du hier?«, fragt er.

»Sie sind der Einzige, von dem ich mich verabschieden kann.«

Landolfi schüttelt den Kopf, geht zum Fenster und stellt sich in ausreichendem Abstand zu ihr an die Wand. Sein Schatten berührt ihre Füße. Sie zieht ein Haargummi vom Handgelenk und bindet sich einen Zopf hoch auf dem Hinterkopf.

»Wieso verabschieden?«

»Ich fliege nach Hause.«

Sie nimmt das Bündel mit Deinen Postkarten aus der Jackentasche, zieht die oberste hervor und hält sie Landolfi hin.

»Was ist das?«

Landolfi geht zu ihr hinüber, nimmt die Karte, dreht sie in der Hand hin und her. Eine überkolorierte Fotogrfie des Castel St. Angelo, das Schreibfeld ist leer, Amanda hat mit runder Mädchenschrift eine amerikanische Adresse eingetragen und einen Air-Mail-Aufkleber neben die Briefmarke geklebt.

Landolfi sieht Amanda an, wartet auf den Schwindel, auf das Rauschen in den Ohren, aber es bleibt aus.

Auf dem Flughafen Ciampino wartet eine Maschine abflugbereit auf einen verspäteten Passagier. Der Mann rennt entlang des mit Absperrband markierten Wegs über das Rollfeld. Zweiundzwanzig Grad Celsius. Möwen kreisen über der Stadt. Aus der Mauer des Augusteums bröckeln ein paar Steine ins hohe Gras. Auf der anderen Seite des Ozeans bekommst Du gerade dein Frühstück in Plastikschalen serviert und summst vor dich hin.

Ich habe gedacht, dass es reichen würde, abzuwarten, wegzufahren, an einem anderen Ort anzukommen, aber ich habe Dich und mich immer mitgenommen. Du hast am Küchentisch gesessen und auf mich gewartet.

»Warum hasst du uns alle so?« habe ich Dich gefragt.

»Dich hasse ich nicht«, hast Du geantwortet, »und das weißt du.«

Amanda steht auf und streckt ihm zum Abschied die Hand hin. Statt danach zu greifen, tritt Landolfi dicht vor sie, hebt die Hand an ihre Wange, ohne sie zu berühren, und hält die Luft an. Amanda erwidert seinen Blick. Dann dreht sie den Kopf, nimmt ihren Rucksack und geht.

DANKE

Maren Specht. Anvar Cukoki. Andrea Landolfi.
Marco Marrone. Shai Levy.

MIX
Papier aus verantwortungsvollen Quellen
FSC® C014496
FSC
www.fsc.org

Verlagsgruppe Random House FSC-DEU-0100
Das für dieses Buch verwendete
FSC®-zertifizierte Papier *Munken Premium* liefert
Arctic Paper Munkedals AB, Schweden.

Satz: Greiner & Reichel, Köln
Druck und Bindung: GGP Media GmbH, Pößneck

ISBN 978-3-630-87338-1

www.luchterhand-literaturverlag.de